孩子，读书是你一辈子的底气

沈从文　季羡林　梁晓声 等著

中国妇女出版社

图书在版编目（CIP）数据

孩子，读书是你一辈子的底气 / 沈从文等著. -- 北京 ：中国妇女出版社，2024.3
ISBN 978-7-5127-2351-1

Ⅰ.①孩… Ⅱ.①沈… Ⅲ.①散文集－中国－现代②散文集－中国－当代 Ⅳ.①I26

中国国家版本馆CIP数据核字（2023）第246158号

责任编辑：朱丽丽
封面设计：主语设计
责任印制：李志国

出版发行：中国妇女出版社
地　　址：北京市东城区史家胡同甲24号　　邮政编码：100010
电　　话：（010）65133160（发行部）　　65133161（邮购）
网　　址：www.womenbooks.cn
邮　　箱：zgfncbs@womenbooks.cn
法律顾问：北京市道可特律师事务所
经　　销：各地新华书店
印　　刷：天津旭丰源印刷有限公司

开　　本：145mm × 210mm　1/32
印　　张：7
字　　数：100千字
版　　次：2024年3月第1版　　2024年3月第1次印刷
定　　价：49.80元

如有印装错误，请与发行部联系

目录 | CONTENTS

第一章　读书是一生的修行

第二章　阅读使人不随波逐流

第三章　阅读是个自由的小世界

第四章　读书有其乐，亦有其法

第一章

读书是一生的修行

为什么读书

胡适

青年会叫我在未离南方赴北方之前在这里谈谈，我很高兴，题目是“为什么要读书”。现在读书运动大会开始，青年会拣定了三个演讲题目。我看第二个题目“怎样读书”很有兴味，第三个题目“读什么书”更有兴味，第一个题目无法讲，“为什么要读书”，连小孩子都知道，讲起来很难为情，而且也讲不好。所以我今天讲这个题目，不免要侵犯其余两个题目的范围，不过我仍旧要为其余两位演讲的人留一些余地。现在我就把这个题目来试一下看。我从前也有过一次关于读书的演讲，后来我把那篇演讲录略事修改，编入“三集文存”里面，那篇文章题目叫作《读书》，其内容性质较近于第二个题目，诸位可以拿来参考。今天我就来试试“为什么要读书”这个题目。

读书是快乐的，为什么呢？因为“书中自有千钟粟，书中自有黄金屋，书中自有颜如玉”。然而，我们如果推论为什么要读书，那可有三点：第一，因为书本是学问、智识、经验之记录，人类之遗产，读书就是要接受这部分遗产，来做基础，再去发挥而光大之。第二，因为要读书而读书。人类是必要读书的，是有读书之必要的，所以才去读书；而且要读书，只有去读书，读书愈多，则所能读的书愈多。为要读书所以读书，为要多读书所以多读书。第三，因为要解决我们的困难，所以要读书。读书是替我们解决目前的困难、应付环境和获得思想材料的来源，所以要读书。

我们知道：现在的书本是古人经历数千年来之学问、智识、经验的结晶，读了一本书，等于经历了古人所经历的数千百年的经验。我们不能够再像古人那样重新去经历各种事情。如果我们还是要像古人那样一事一事去经历、试探，而后知道、明白，那我们的智识便不能进步，一切文物制度便要有退无进了。因为我们一生所能经历而得到的智识，绝不能及到古人所集积的那么多。因此，我们要在极短的时期中，把古人的遗产，全部接收过来，那么，非读书不可。因为，古人经历数千年来之学问、智识、经验，完全刊载在书本中。我们要知道古人数千年来之一部分学问，便去读刊载着这一部分学问的书本；我们要知道古人数千年来之那一部分智识，便去读刊载着那一部分智识的书本；我们要知道古人数千年来之另一部分经验，便去读刊载着另一部分经验的书本。我们只要在很短的时期中，就能读完这些书本，就能把古人经历数千年来之一切学问、智识、经验，人类的遗产，全部接收过来。既接收了人类的全部遗产后，再去发挥而光大之，则人类的学问愈能深造，人类的智识愈能充足，人类的经验愈能丰富了！为保存古人所遗下的学问、智识、经验，果然要读书；为要发挥而光大古人的学问、智识、经验，更加要读书。

再说到第二层：为读书而读书。换句话说，读书要“博”。所谓“博”，就是什么书都要读。因为要读书，所以什么书都要读。读书愈多，愈能读书。有许多书，我们读起来是不懂的。一定要读了许多别种书，才能读得懂这本书，所以要读懂这本书，便要读旁的许多书了。先读的许多书，好像是种工具。不读书便不能读书，要能读书才能多读书。譬如许多人是戴眼镜的。但为什么要戴眼镜呢？岂不是因为戴了眼镜，从前看不见的，现在看得见了；从前很小的，现在看得很大了；从前看不分明的，现在看得清楚分明了。王荆公说得最好：

> 然世之不见全经久矣。读经而已，则不足以知经。故某自百家诸子之书，至于《难经》《素问》《本草》诸小说，无所不读；农夫女工，无所不问；然后于经为能致其大体而无疑。盖后世学者，与先王之时异矣；不如是，不足以尽圣人故也。……彼致其

知而后读，以有所去取，故异学不能乱也。惟其不能乱，故能有所去取者，所以明吾道而已。

他说“致其知而后读”，又说：“读经而已，则不足以知经。”确是不错。譬如《墨子》一书，在一百年前，清朝的学者懂得此书还不多。大家都不知道此书中包含了光学、几何学、力学、工程学、心理学、伦理学等科学的；所以不懂得光学、几何学、力学等知识的，便不能完全读懂《墨子》。后来的人，知道力学的，读起这本书来，便多懂一些，能知道光学的，更能多懂一些，如果各种新知识都懂得，便能完全了解墨子。所以读书愈多，愈能懂得墨子；换句话说，为多懂得墨子，必要多读别的书。

所以，“读一书而已，则不足以知一书”。多读书，然后可以专读一书。譬如读《诗经》，倘使先读了古今中外的许多歌谣，便觉得《诗经》好懂多了；倘使读过社会学、人类学，那就懂得更多了；倘使先读过文字学、古音韵学，也可懂得更多；倘使先读过考古学、比较宗教学等，懂得也更多。总之，你读过的书越多，你懂得《诗经》也更多。

所以无论读什么书，总要多配几副好眼镜。

这样说来，我们为要读书，哪能不读书呢？

现在，要说到第三层为解决困难而读书了。做人难，那是人人所感觉的。我们怎样生活？怎样对付社会环境？那些都是人生极困难的问题。读书就是要解决这些困难的。困难当前，就得去思想，思想才能发生主意，东一个主意，西一个主意，有了许多主意，才好选择一个适合的主意去解决困难。如果不读书，就不会有主意。多读书，主意自然会多，解决困难也就比较容易。

所以，知识是思想材料的来源。思想可分作五步。思想的起源是大的疑问。日常的事情不用想，但逢着三岔路口、十字街头那样的环境，就发生困难了。走东或是走西，这样做或是那样做，困难很多。病有各种各样的病，发烧、头痛，多得很。第二步要把问题弄清，困难弄清。

第三步才想到如何解决。读书就是出主意、暗示，但主意很多，于是又逢着困难。主意多少要看自己的学问多少，都采用也不行。第四步就是要选择一个假定的解决方法。要想到这个方法能不能解决。若不能，那么，就换一个；若能，就行了。这好比开锁，到生物学上去，创了物竞天择的学说。譬如一条鱼可以产生二百万鱼子，这样太平洋应该占满了，然而大鱼要吃小鱼，更大的鱼要吃大鱼，所以生物要适应环境才能生存；但按照经济学原则，达尔文主义是很没有条理的，而我们读书就是要解决这个困难。又譬如从前的人以为地球是世界的中心，后来天文学家哥白尼却主张太阳是世界的中心，绕着地球而行。据罗素说，哥白尼所以这样地解说，是因为希腊人已经讲过这句话，哥白尼想到了这句话可以解决这问题，便采用了。假使希腊没有这句话，在六十几年之后恐怕没有人敢说这句话吧。这就是读书的好处。像这样当初逢着困难后来得到解决的事很多。所以读书，是可以供给出主意的来源。

有许多书读了，就能应用，来帮助你解决困难。例如你读到一课书，遇到几个生字，便不能解释下去；这就是遇到了困难。倘使你把辞典检查一下，你马上能够解释得出，而你的困难也马上就解决了。诸如此类的事很多，这里不多举了。同时，有许多书读了，好像没有用处似的，并不能解决困难的。然而，这是错误的。无论哪本书都有用处，都能帮助你解决困难的，当在适用的时候。现在举个例子来说。有一个学生，在晚上看本小说，这本小说非常好看。看得兴味十足的时候，灯光忽而熄灭了。那时，他好不心烦。这是他的目前困难，他用什么方法去克服这个困难，以继续看小说呢？于是读书的用处，就在这时候发现了。他细细研究灯光熄灭的道理，知道是灯油少了的缘故。灯芯吊在上面，碰不着油，所以火光熄灭了。当时，他就想起《伊索寓言》上有一段故事，说有一只鸬鹚，嘴渴得很，见到一瓶中有少些的水。然而因水太少了，它的嘴不能伸入瓶中去吸。因此，它便想出法子，把小石子投到瓶中去，使瓶中满装石子，水浮在瓶口，它便可以喝了。于是，这个学生便想到用铜元投入灯中，使火油浮起。然而因灯口极小，铜元不能投入。他于是又想到他曾学过理化科，知道火油比水轻，把水装进去，火油便可浮在上面，而且水和火油不相混合，对于灯光一无妨碍，所以他便这样做了。结果，他的困难自然解决了。这里，我们可以知道读书多的用处了。那个学生读《伊索寓言》的时候，绝不会想到现在看小说时要用它来解决困难的。所以读书是可以帮助我们解决困难的；读书愈多，困难更容易解决。

我们要做成一个学问博大而又精深的学者。精深的方面，是专门学问；博大的方面，是旁搜博览。用专门学问做中心，次及于直接相关的各种学问，次及于不很相关的各种学问，以次及于毫不相关的各种泛览。这样的学者，好像埃及的金字三角塔。那金字塔高四百八十英尺，底边各边长七百六十四英尺。塔的最高度代表最精深的专门学校，从此点依次递减，代表那旁搜博览的各种相关或不相关的学问。塔底的面积代表博大的范围，围深的造诣，博大的同情性心。这样的人，对于社会是极有用的人才，对于自己也能充分享受人生的趣味。

但怎样才能做到这个地步呢？不必说，要读书“精”而“博”。

什么是“精”？简单说来，要“眼到，口到，心到，手到”。

眼到是要个个字认得，不可随便放过。读中国书时，每个字一笔一画都不放过。读外国书要把ABCD等字母弄得清清楚楚。书是文字做成的，不肯仔细认字，就不必读书。眼到对于读书的关系很大，一时眼不到，贻害很大，并且眼到能养成好习惯，养成不苟且的人格。

口到是一句一句要念出来，有许多书，必要熟读的，如爱的诗歌，如精彩的文章，熟读多些，于自己的作品上也有良好的影响。读此外的书，虽不须念熟，也要一句一句念出来。念书的功用能使我们格外明了每一句的构造，句中各部分的关系。

心到是每章每句每字意义如何，何以如是，都要用心考究。但是用心不是叫人枯坐冥想，是要靠外面的设备及思想的方法的帮助。要做到这一点，第一，字典、辞典、参考书等工具须要完备；第二，要做文字上的分析；第三，有时要比较参考，有时要融会贯通，才能了解。

手到就是要劳动劳动你的贵手。读书单靠眼到、口到、心到，还是不够，必须还得自己运动手，才有所得。例如，（一）标点分段，是要动手的；（二）翻查字典及参考书，是要动手的；（三）做读书札记，是要动手的。札记又可分四类：1.抄录备忘；2.做提要，节要；3.自己记录心得；4.参考诸书，融会贯通，作有系统的著作。吸收进来的智识思想无论是看书来的，或听讲来的，都只是模糊零碎，都算不得我们自己的东西，自己必须做一番手到的工夫，或做提要，或做说明，或做讨论，自己重新组织过、申述过，用自己的语音述过——那种智识思想方才可算是你自己的了。动手标点，动手翻字典，动手查书，都是极要紧的读书秘诀。诸位千万不要轻轻放过，内中自己动手翻书一项，尤为要紧。

最后，我们要读书，必须要懂得一种外国文。中国所有汗牛充栋的书，很少是有系统、有结构的，都是漫无计划、随便集成功的。好像《论语》一书，东一句“子曰：学而时习之，不亦说乎”，西一句“子曰……”，又一句“子曰……”。其他如《孟子》等书都是零零散散集成的，毫无系统可言。一切中国的所谓经史子集，都是杂货店。“集”是杂货店，那是很明显的；然而“子”，何尝不是杂货店？“史”与“经”又何尝不是杂货店？因为是杂货店，所以可读的好书很少。中国书中有系统、有结构而可读的书，至多不过半打！因此，我们单读中国书就觉得不够，我们至少要学一种外国文字，才可以收博览群集、触类旁通之效。如果学者能下一年的苦功，不怕麻烦，查生字、辨句读，一字字、一句句，都弄得非常清楚，就会有很好的成绩。如果你有一种外国文可以不费气力地看得懂，就是睡在榻上或是立在窗口，都能不费力气地看懂外国书，那么，你就可毫无阻碍地读书，并且觉得读书是如何快乐了。

谈读书

朱光潜

朋友：

中学课程很多，你自然没有许多时间去读课外书。但是你试抚心自问：你每天真抽不出一点钟或半点钟的工夫么？如果你每天能抽出半点钟，你每天至少可以读三四页，每月可以读一百页，到了一年也就可以读四五本书了。何况你在假期中每天断不会只能读三四页呢？你能否在课外读书，不是你有没有时间的问题，是你有没有决心的问题。

世间有许多人比你忙得多。许多人的学问都在忙中做成的。美国有一位文学家、科学家和革命家富兰克林，幼时在印刷局里做小工，他的书都是在做工时抽暇读的。不必远说，你应该还记得孙中山先生，难道你比那一位奔走革命席不暇暖的老人家还要忙些么？他生平无论忙到什么地步，没有一天不偷暇读几页书。你只要看他的《建国方略》和《孙文学说》，你便知道他不仅是一个政治家，而且还是一个学者。不读书而讲革命，不知道“光”的所在，只是窜头乱撞，终难成功。这个道理，孙先生懂得最清楚的，所以他的学说特别重“知”。

人类学问逐天进步不止，你不努力跟着跑，便落伍退后，这固不消说。尤其要紧的是养成读书的习惯，是在学问中寻出一种兴趣。你如果没有一种正当嗜好，没有一种在闲暇时可以寄托你的心神的东西，将来离开学校去做事，说不定要被恶习惯引诱。你不看见现在许多叉麻雀抽鸦片的官僚们、绅商们乃至于教员们，不大半由学生出身么？你慢些鄙视他们，临到你来，再看看你的成就罢！但是你如果在读书中寻出一种趣味，你将来抵抗引诱的能力比别人定要大些。这种兴趣你现在不能寻出，将来永不会寻出的。凡人都越老越麻木，你现在已比不上三五岁的小孩子们那样好奇、那样兴味淋漓了。你长大一岁，你感觉兴味的锐敏力便须迟钝一分。达尔文在自传里曾经说过，他幼时颇好文学和音乐，壮时因为研究生物学，把文学和音乐都丢开了，到老来他再想拿诗歌来消遣，便寻不出趣味来了。兴味要在青年时设法培养，过了正当时节，便会萎谢。比方打网球，你在中学时欢喜打，你到老都欢喜打。假如你在中学时代错过机会，后来要发愿去学，比登天还要难十倍。养成读书习惯也是这样。

你也许说，你在学校里终日念讲义看课本不就是读书吗？讲义课本着意在平均发展基本知识，固亦不可不读。但是你如果以为念讲义看课本，便尽读书之能事，就是大错特错。第一，学校功课门类虽多，而范围究极窄狭。你的天才也许与学校所有功课都不相近，自己在课外研究，去发现自己性之所近的学问。再比方你对于某种功课不感兴趣，这也许并非由于性不相近，只是规定课本不合你的口胃。你如果能自己在课外发现好书籍，你对于那种功课的兴趣也许就因而浓厚起来了。第二，念讲义看课本，免不掉若干拘束，想借此培养兴趣，颇是难事。比方有一本小说，平时自由拿来消遣，觉得多么有趣，一旦把它拿来当课本读，用预备考试的方法去读，便不免索然寡味了。兴趣要逍遥自在地不受拘束地发展，所以为培养读书兴趣起见，应该从读课外书入手。

书是读不尽的，就读尽也是无用，许多书没有一读的价值。你多读一本没有价值的书，便丧失可读一本有价值的书的时间和精力，所以你须慎加选择。你自己自然不会选择，须去就教于批评家和专门学者。我不能告诉你必读的书，我能告诉你不必读的书。许多人曾抱定宗旨不读现代出版的新书。因为许多流行的新书只是迎合一时社会心理，实在毫无价值，经过时代淘汰而巍然独存的书才有永久性，才值得读一遍两遍以至于无数遍。我不敢劝你完全不读新书，我却希望你特别注意这一点，因为现代青年颇有非新书不读的风气。别的事都可以学时髦，惟有读书做学问不能学时髦。我所指不必读的书，不是新书，是谈书的书，是值不得读第二遍的书。走进一个图书馆，你尽管看见千卷万卷的纸本子，其中真正能够称为“书”的恐怕还难上十卷百卷。你应该读的只是这十卷百卷的书。在这些书中间，你不但可以得较真确的知识，而且可以于无形中吸收大学者治学的精神和方法。这些书才能撼动你的心灵，激动你的思考。其他像“文学大纲”“科学大纲”以及杂志报章上的书评，实在都不能供你受用。你与其读千卷万卷的诗集，不如读一部《国风》或《古诗十九首》，你与其读千卷万卷谈希腊哲学的书籍，不如读一部柏拉图的《理想国》。

你也许要问我，像我们中学生究竟应该读些什么书呢？这个问题可是不易回答。你大约还记得北平《京报副刊》曾征求“青年必读书十种”，结果有些人所举十种尽是几何代数，有些人所举十种尽是《史记》《汉书》。这在旁人看起来似近于滑稽，而应征的人却各抱有一番大道理。本来这种征求的本意，求以一个人的标准做一切人的标准，好像我只喜欢吃面，你就不能吃米，完全是一种错误见解。各人的天资、兴趣、环境、职业不同，你怎么能定出万应灵丹似的十种书，供天下无量数青年读之都能感觉同样趣味，发生同样效力？

我为了写这封信给你，特地去调查了几个英国公共图书馆。他们的青年书品部最流行的书可以分为四类：（一）冒险小说和游记，（二）神话和寓言，（三）生物故事，（四）名人传记和爱国小说。就中代表的书籍是凡尔纳的《八十天环游地球》（*Around the World in Eighty Days*）和《海底两万里》（*Twenty Thousand Leagues Under the Sea*），笛福的《鲁滨孙漂流记》（*Robinson Crusoe*），大仲马的《三剑客》（*Three Musketeers*），霍桑的《奇书》（*Wonder Book*）和《丹谷闲话》（*Tanglewood Tales*），金斯利的《希腊英雄传》（*Heroes*），法布尔的《鸟兽故事》（*Storybook of Birds and Beasts*），安徒生的《童话》（*Fairy Tales*），骚塞的《纳尔逊传》（*Life of Nelson*），房龙的《人类的故事》（*The Story of Mankind*）之类。这些书在国外虽流行，给中国青年读，却不十分相宜。中国学生们大半是少年老成，在中学时代就欢喜像煞有介事地谈一点学理。他们——你和我自然都在内——不仅欢喜谈谈文学，还要研究社会问题，甚至于哲学问题。这既然是一种自然倾向，也就不能漠视，我个人的见解也不妨提起和你商量商量。十五六岁以后的教育宜注重发达理解，十五六岁以前的教育宜注重发达想象。所以初中的学生们宜多读想象的文字，高中的学生才应该读含有学理的文字。

谈到这里，我还没有答复应读何书的问题。老实说，我没有能力答复，我自己便没曾读过几本“青年必读书”，老早就读些壮年必读书。比方在中国书里，我最欢喜《国风》《庄子》《楚辞》《史记》《古诗源》《文选》中的书笺、《世说新语》《陶渊明集》《李太白集》《花间集》，张惠言《词选》《红楼梦》，等等。在外国书里，我最欢喜济慈、雪莱、柯勒律治、布朗宁诸人的诗集，索福克勒斯的七悲剧，莎士比亚的《哈姆雷特》（*Hamlet*）、《李尔王》（*King Lear*）和《奥瑟罗》（*Othello*），歌德的《浮士德》（*Faust*），易卜生的戏剧集，屠格涅夫的《处女地》（*Virgin Soil*）和《父与子》（*Fathers and Children*），陀思妥耶夫斯基的《罪与罚》（*Crime and Punishment*），福楼拜的《包法利夫人》（*Madame Bovary*），莫泊桑的小说集，小泉八云关于日本的著作，等等。如果我应北平《京报副刊》的征求，也许把这些古董洋货捧上，凑成“青年必读书十种”。但是我知道这是荒谬绝伦，所以我现在不敢答复你应读何书的问题。你如果要知道，你应该去请教你所知的专门学者，请他们各就自己所学范围以内指定三两种青年可读的书。你如果请一个人替你面面俱到地设想，比方他是学文学的人，他也许明知青年必读书应含有社会问题科学常识等，而自己又没甚把握，姑且就他所知的一两种拉来凑数，你就像问道于盲了。同时，你要知道读书好比探险，也不能全靠别人指导，你自己也须得费些工夫去搜求。我从来没有听见有人按照别人替他定的“青年必读书十种”或“世界名著百种”读下去，便成就一个学者。别人只能介绍，抉择还要靠你自己。

关于读书方法。我不能多说，只有两点须在此约略提起。第一，凡值得读的书至少须读两遍。第一遍须快读，着眼在醒豁全篇大旨与特色。第二遍须慢读，须以批评态度衡量书的内容。第二，读过一本书，须笔记纲要和精彩的地方和你自己的意见。记笔记不特可以帮助你记忆，而且可以逼得你仔细，刺激你思考。记着这两点，其他琐细方法便用不着说。各人天资习惯不同，你用哪种方法收效较大，我用哪种方法收效较大，不是一概论的。你自己终久会找出你自己的方法，别人决不能给你一个方单，使你可以“依法炮制”。

你嫌这封信太冗长了罢？下次谈别的问题，我当力求简短。再会！

你的朋友　光潜

书·读书

叶圣陶

书是什么？这好像是个愚问，其实应当问。

书是人类经验的仓库。这样回答好像太简单了，其实也够了。

如果人类没有经验，世界上不会有书。人类为了有经验，为了要把经验保存起来，才创造字，才制作书写工具，才发明印刷术，于是世界上有了叫作“书”的那种东西。

历史书，是人类历代生活下来的经验。地理书，是人类对于所居的地球的经验。物理化学书，是人类研究自然原理和物质变化的经验。生物博物书，是人类了解生命现象和动植诸物的经验。——说不尽许多，不再说下去了。

把某一类书集拢来，就是人类某一类经验的总仓库。把所有的书集拢来，就是人类所有经验的总仓库。

人类的经验不一定写成书，那是当然的。人类所有的经验假定它一百分，保存在那叫作“书”的总仓库里的必然不到一百分。写成了书又会遇到磨难，来一回天灾，起一场战祸，就有大批的书毁掉失掉，又得从那不到一百分中间减少几成。

虽然不到一百分，那叫作“书”的总仓库到底是万分可贵的。试想想世界上完全没有书的情形吧。那时候，一个人怀着满腔的经验，只能用口告诉旁人。告诉未必说得尽，除下来的唯有带到棺材里去，就此永远埋没。再就接受经验的一方面说，要有经验，只能自己去历练，否则到处找人请教。如果自己历练不出什么，请教又不得其人，那就一辈子不会有太多的经验，活了一世，始终像个泄了气的皮球，瘪瘪的。以上两种情形多么可惜又可怜啊！有了叫作“书”的仓库，谁的经验都可以收纳进去，谁要经验都可以自由检取，就没有什么可惜又可怜了。虽说不能够百分之百地保存人类所有的经验，到底是一件非常了不起的事情。人类文明发展到如今的地步，可以说，没有叫作“书”的仓库是办不到的。

仓库里藏着各色各样东西，一个人不能完全取来使用。各色各样东西太繁富了，一个人太渺小了，没法完全取来使用，而且实际上没有这个必要。只能把自己需用的一部分取出来，其余的任他藏在仓库里。

同样的情形，一个人不能尽读所有的书。只能把自己需用的一部分读了，其余的不去过问。

仓库里藏着的东西不一定完全是好的，也有霉的、烂的、不合用的。你如果随便取一部分，说不定恰正取了霉的、烂的、不合用的，那就于你毫无益处。所以跑进仓库就得注意拣选，非取那最合用的东西不可。

同样的情形，一个人不能随便读书。古人说“开卷有益”，好像不问什么书，你能读它总有好处，这个话应当修正。不错，书中包容的是人类的经验，但是，那经验如果是错误的、过时的，你也接受它吗？接受了错误的经验，你就上了它的当。接受了过时的经验，你就不能应付当前的生活。所以书非拣选不可。拣选那正确的、当前合用的书来读，那才“开卷有益”。

所谓经验，不仅是知识方面的事情，大部分关联到实际生活，要在生活中实做的。譬如说，一本卫生书是许多人对于卫生的经验，你读了这本书，明白了，只能说你有了卫生的知识。必须你饮食起居都照着做，身体经常保持健康，那时候你才真的有了卫生的经验。

看了上面说的例子，可以知道读书顶要紧的事情，是把书中的经验化为自身的经验。随时能够“化”，那才做到“开卷有益”的极致。

读是一种幸福

梁晓声

读书——不，更准确地说，所谓“读”这一种习惯，对我已不啻是一种幸福。这幸福就在日子里，在每一天的宁静时光里。不消说，人拥有宁静的时光，这本身便是幸福。而宁静的时光因阅读会显得尤其美好。

我的宁静之享受，常在临睡前，或在旅途中。每天上床之后，枕旁无书，我便睡不着，肯定失眠。外出远足，什么都可能忘带，但书是不会忘带的。书是一个囊括一切的大概念。我最经常看的是人物传记、散文、随笔、杂文、文言小说之类。《读书》《随笔》《读者文摘》《人物》《世界博览》《奥秘》都是我喜欢的刊物，是我的人生之友。前不久，友人开始寄我《世界警察》，看了几期，也喜爱起来。还有就是目前各大报的“星期刊”“周末版”或副刊。

要了解我所生活的城市，大而至于我们这个国家，我们这个地球，每天正发生着什么事，将要发生什么事，仅凭晚上看电视里的“新闻”，自然是远远不够的。“秀才不出门，便知天下事”，是所谓“秀才”聊以自慰自夸的话。或者是别人对“秀才”们的揶揄。不过在现代社会里，传播媒介如此之丰富，如此之发达，对于当代人来说，不出门而大致地知道一些“天下事”，也是做得到的。

知道了又怎样?

知道了会丰富我对世界的认识。而这种认识，于我——一个以写作为职业的人来说，则是相当重要的。妄谈对世界的认识，似乎口气太大了，那么就说对周遭生活的认识吧。正是通过阅读，我感觉到周遭生活之波有时汹涌澎湃，有时潜流涡旋，有时微波涌荡……

当然，这只是阅读带给我的一方面的兴致。另一方面，通过阅读，我认识了许许多多的人，仿佛每天都有新朋友。我敬爱他们，甘愿以他们为人生的榜样。同时也仿佛看清了许多“敌人”，人类的一切公敌。这一点使我经常感到，爱憎分明于人是多么重要的品质。

创作之余，笔滞之时，我会认真地读一会儿文学期刊。若读的正是一篇佳作，便会一口气读完。不管作者认识与否，都会产生读了一篇佳作的满足感。倘是作家朋友们写的，是生活在同一座城市的人，又常忍不住拨电话，将自己读后的满足，传达给对方。这与其说是分享对方的喜悦，莫如说是希望对方分享我的喜悦。倘作者是外地的，还常会忍不住给人家写一封信去。

读，实在是一种幸福。

最后我想说，与我的中学时代相比，现在的中学生，似乎太被学业所压迫了。我的中学时代，是苦于无书可读。买书是买不起的，尽管那时书价比现在便宜得多。几个同学凑了七八分钱，到小人书铺去看小人书。这是永远值得回忆的往事了。现在的中学生们，可看的太多了，却又陷入选择的迷惘，并且失去了本该拥有的时间。

生活也真是太苛刻了！

读书与思考

[德]叔本华

我们读书时，是别人在代替我们思考，我们只不过是在重复他人思想活动的过程而已，这就犹如儿童启蒙习字时，按照教师所写的笔画依样画葫芦一般。我们的思想活动在读书时被免除了一大部分，因此当我们不假思索地读书时，会觉得很轻松，然而，此时我们的头脑实际上已成为别人思想的运动场了。

所以，读书越多或整天沉浸在书中的人，虽然可借此休养精神，但他的思维能力必将逐渐丧失，犹如时常骑马的人其步行能力必定较差一样。有许多学者正是如此，因读书太多而变得愚蠢。经常读书，有一点儿空闲就看书，这种做法比常做手工更会使精神麻痹，因为毕竟在做手工时，我们还可以徜徉于自己的思想中。一条弹簧久受外物的压迫就会失去弹性，我们的精神也是一样，如果经常受别人思想的压力，那它也会失去弹性。食物虽能滋养身体，但若吃得过多，反而会伤胃乃至伤身，而我们的“精神食粮”如果太多，也是有害无益的。

读书越多，留存在脑中的东西就越少，两者势必成反比。读书多，人的脑海就像一块密密麻麻、被不断涂抹的黑板一样杂乱无章。读书而不思考，绝不会有心得，即使稍有印象，也浅薄而不生根，在不久之后便会因淡忘而丧失。以人的身体而论，我们所吃的东西只有五十分之一能被吸收，其余的东西则因呼吸、蒸发等作用而消耗殆尽，精神方面的营养亦是如此。

况且记录在纸上的思想，不过是像在沙上行走者的足迹而已，我们也许能看到他所走过的路径，但如果想要知道他在路上看见了什么，我们就必须自己去感受。

我年轻时读什么书

沈从文

每个人认了不少单字，到应当读书的年龄时，家中大人必为他选择种种“好书”阅读。这些好书在“道德”方面照例毫无瑕疵，在“兴味”方面也照例十分疏忽。中国的好书其实皆只宜于三四十岁人阅读，这些大人的书既派归小孩子来读，自然有很大的影响，就是使小孩子怕读书，把读书认为是件极其痛苦的事情。有些小孩从此成为半痴，有些小孩就永远不肯读书了。一个人真真得到书的好处，也许是能够自动看书时，就家中所有书籍随手取来一本两本加以浏览，因之对书发生浓厚兴趣，且受那些书影响成一个人。

我第一次对于书发生兴味，得到好处，是五本医书。（我那时已读完了《幼学琼林》与《龙文鞭影》，《四书》也已成诵。这几种书简直毫无意义。）从医书中我知道鱼刺卡喉时，用猫口中涎液可以治愈。小孩子既富于实验精神，家中恰好又正有一只花猫，因此凡家中人被鱼刺卡着时，我就把猫捉来，实验那丹方的效果。又知道三种治癣疥的丹方。其一，用青竹一段，烧其一端，就一端取汁，据说这水汁就了不得。其二，用古铜钱烧红淬入醋里，又是一种好药。其三，烧枣核存性，用鸡蛋黄炒焙出油来，调枣核末，专治瘌痢头。这部书既充满了有幻术意味的丹方，常常可实验，并且因这种应用上使我懂得许多药性，记得许多病名。

我第二次对于书发生兴味，得到好处，是一部《西游记》。前一书若养成我一点幼稚的实验的科学精神，后一书却培养了我的幻想，使我明白与科学精神相反那一面种种的美丽。这本书混合了神的尊严与人的谐趣，——一种富于泥土气息的谐趣。当时觉得它是部好书，到如今尚以为比许多堂皇大著还好。它那安排故事、刻画人物的方法，就是个值得注意的方法。读书人千年来皆称赞《项羽本纪》，说句公道话，《项羽本纪》中那个西楚霸王，他的神气只能活在书生脑子里。至于《西游记》上的猪悟能，他虽时时刻刻腾云驾雾，（驾的是黑云！）依然是个人。他世故，胆小心虚，又贪取一点小便宜，而且处处还装模作样，却依然是个很可爱的活人。读者——尤其是青年读者——若想在书籍中找寻朋友，猪悟能比楚霸王好像更是个好朋友。

我第三次看的是一部兵书，上面有各种套彩阵营的图说，各种火器的图说，看来很有趣味。家中原本愿意我世袭云骑尉，我也以为将门出将是件方便事情。不过看了那兵书残本以后，他给了我一个转机。第一，证明我体力不够统治人；第二，证明我行为受拘束忍受不了，且无拘束别人行为的兴味。而且那书上几段孙吴治兵的心法，太玄远抽象了，不切于我当前的生活。从此以后我的机会虽只许可我作将军，我却放下这种机会，成为一个自由人了。

这三种书帮助我，影响我，也就形成我性格的全部。

读书的艺术

[法]安德烈·莫洛亚

读书是工作吗？瓦莱里·拉尔博称其为“不受惩罚的罪恶”，而笛卡尔却恰恰相反，称之为“与最为高尚的前人的谈话”。二者各有道理。

坏书对于沉溺其中的读者来说，无异于鸦片，使他们深陷于空幻的境地，脱离了现实世界。这类人对什么书都爱不释手，即便偶尔翻开一本百科书，读起水彩画技法的词条也跟读有关火力机械的词条一样有强烈的兴趣。他们独自关在房中，径直奔向堆满报刊的桌子，埋头于干巴巴的铅字之间，却从不冷静地想一想，动动脑筋。他们并不注重书中的思想内容和主题，只是一味地读下去，看不出字里行间的现实世界和思想实质。他们绝少从书中获益，对丰富的信息资料，也分不出其价值的高低。他们读书完全是被动的，虽然在读，并不理解，不动脑子，更谈不上吸收。

相比之下，娱乐性阅读还较为积极。爱读小说的人，在书中寻求美的感受、情感的复苏和迸发，以及人间难遇的传奇。对他们来说，读书是一种乐趣。伦理学家和诗人喜欢在书本上重新找出自己过去的观察和感受。对他们，读书也是一种乐趣。还有一种以读书为乐的人，虽然没去研究某一确定的历史阶段，却也能认识到历史进程中人类的共同苦难。这种娱乐性的阅读是有益的。

最后是工作性阅读。当某项工程设计在头脑中已有一条主线，需要加以完善和补充的时候，人们便到书中去找寻所需的某些特定知识和材料。这种工作性阅读，倒不需要惊人的记忆，手里有支铅笔或钢笔就可以了。这样读过书之后，当再想回味一下思想主题的时候，也没必要把整本书重读一遍。请允许我举我个人的例子。当我读一本历史书或者其他类似严肃的书籍时，我总要在扉页上记上一些概括思想主题的词句，并在每个词的后面标好页码。这样，在需要时，我不必重读全书，而可以直接找到要找的地方。

读书，同所有的其他工作一样，也有其规律可循。这里，我们提出几条。第一，最好是具体熟知一部分作家及作品。而对大部分作家，只作一般性了解。初读一部作品，常常领略不到其精华所在。年轻时，泛舟书海，如同步入尘世一样，应去寻朋觅友。当发现知音，选择、确定之后，就要携手并进。一生中能与蒙田、圣西门、雷斯、巴尔扎克以及普鲁斯特交上朋友，那就很充实了。

第二，阅读时，在众多的作品当中，要给伟大的作品一席显赫之地。当然，应该对当代作家感兴趣，这也是必要的。正是在他们之中，我们才有幸找到了与我们有着共同的忧虑与需求的朋友。但是，不要把自己淹没在一般性书籍的海洋中。名著之多，我们已经无暇一一问津。要相信前人的选择。一个人或许会看错，一代人也或许会看错，而整个人类不会看错。荷马、塔西佗、莎士比亚、莫里哀等都肯定无愧于他们的荣誉。对于那些还没有来得及经受时间考验的作品，我们留待将来再去偏爱吧。

第三，认真选择精神食粮。不同的思想中都有适合我们自己的养料。所以，要学会辨认哪些是适合我们的作者。我们的朋友也可能和我们大相径庭。读文学作品，也跟谈恋爱一样，对别人的选择总是感到吃惊。忠于我们自己的选择吧。在这方面，自我才是最最公正的法官。

第四，读书要尽量聚精会神、苦思冥想，如同亲临一场美妙的音乐会，或一次神圣的礼仪。凡是一目十行、断断续续、心不在焉者都不能算是读书。真正的读书应该是通宵达旦；应该是为了某个自己特别喜爱的作家，贡献出冬天星期日的整个下午；应该是庆幸有时机在火车上重读巴尔扎克、司汤达的小说中的某个片段，或者是《九泉下的回忆》。当你发现了某个自己喜爱的句子或段落时（如普鲁斯特的“山楂花”“小玛德兰点心”或托尔斯泰的

“勒维纳的婚礼”），便会欣喜若狂，就像音乐爱好者在斯特拉文斯基的《彼得鲁什卡》中等来了魔法师主题音乐的出现。

第五，赋予伟大的作品以伟大的称号。因为，这些作品无论是描写西班牙客栈也好，描写爱情也好，读者在书中发现的只能是书中所有的。对富于情感的场面感兴趣的人，只能是对此已有感触的人，或者是年纪尚轻，抱着希望和焦虑的心情等待感情发展的人。一个去年读书还只是为了猎奇的青年，今天突然对《安娜·卡列尼娜》和《多米尼克》产生了强烈的兴趣。为什么？因为从今天起，他领略到了什么是爱的幸福和烦恼。再没有比看到这些更感人的了。伟大的社会活动家都是吉卜林的忠实读者；伟大的政治家都是塔西佗和雷斯的忠实读者。非常有趣的是，在推翻摩洛哥政权的第二天，利奥泰就扎进了莎士比亚的《科利奥兰纳斯》。读书的艺术，在很大程度上，就是在书中重新发现生活、更准确地理解生活的艺术。

享受阅读才有价值

[英]毛姆

十八岁的时候，我懂得了法语、德语和一些意大利语，但我完全没有受过什么教育，我深深意识到自己的无知。我尽可能阅读我能得到的一切书籍。我的好奇心如此强烈，我甚至愿意读秘鲁的历史、读一个牛仔的回忆录，如同我愿意读关于普罗旺斯抒情诗的论文，又或者是圣奥古斯丁的《忏悔录》。

我想这些阅读为我积累了一些常识，这对小说家来说是很有用的。谁也不知道什么时候会有一些特别的信息派上用场。我把我读过的书列了个单子，偶然发现其中一份我还保留着。这是我两个月内所读的书。我记录这些仅仅是出于自我备份，我都不敢相信我竟读过这么多书。记录显示，我读了三部莎士比亚的戏剧，两卷蒙森的《罗马史》，朗森的《法兰西文学史》的大部分，两到三部小说，一些法国古典名著，几部科学著作和一部易卜生的戏剧。

我确实是一个勤奋的学徒。在圣托马斯医院期间，我系统地学习了英国、法国、意大利和拉丁文学。我读了很多历史，一些哲学和大量的科学书籍。我的好奇心太强了，以至于我没有足够的时间去思考我所读过的东西。我迫不及待地想读完一本书，迫不及待地想开始读另一本书。这就像是一场冒险，我会兴奋地打开一卷名著，就像一个有理性的年轻人会奋力为己方击球，或是一个漂亮的女孩去跳舞一样。不时有记者在寻找新闻素材时问我，我一生中最激动人心的时刻是什么时候？如果我不羞于回答的话，我可能会说，是我开始读歌德的《浮士德》的那一刻。我从来没有完全失去这种感觉，即使是现在，打开一本书的开头几页有时也会让我热血沸腾。对我来说，读书是休息，就像其他人聊天或打牌一样。不仅如此，这是一种需要，如果我被剥夺了读书的权利哪怕仅仅是一小会儿，我就会发现自己就像一个瘾君子被剥夺了毒品一样暴躁。我宁愿读一份时间表或目录，也不愿呆坐浪费时间。这还不算什么。我花了许多时间在仔细研读陆海军商店的价目表、二手书商和美国广播公司的价目表，这一切让我感到愉悦。所有这些都带有浪漫的味道。它们比大部分小说有趣多了。

只有当我意识到时间飞逝，生活才是我的正事时，我才会把书放在一边。我之所以来到这个世界，是因为我认为有必要去获得我写作不可或缺的人生体验，但我之所以进入这个世界，也是因为我想要体验本身。在我看来，当一个作家是远远不够的。我为自己设计的模式是，我应该在做人这个奇妙事情上做最大限度的投入。我渴望同普通人一样，去感受人生的喜怒哀乐，这是普通人类命运的一部分。我认为人的感官诉求，没有理由受到精神贪婪的引诱，我下定决心要从社会交往、人际关系，从食物、酒精、淫乱、奢侈、运动、艺术、旅行，正如亨利·詹姆斯所言，从不管什么东西当中汲取素养，尽可能地完成我的目标。但，这仅仅是一种努力，我总是如释重负地又回到书籍，回到和自我相伴的慰藉中。

然而，尽管我读了那么多书，我却不是一个好的读者。我读得很慢，略读的技能也很差。我发现，不管一本书有多糟糕，不管它有多让我厌烦，我都很难把它放下。我没有从头到尾读完的书屈指可数。另一方面，我几乎没有读过两遍的书。我很清楚，有许多书我无法从第一遍阅读中获得其全部的价值，但它们已经给了我当时所能得到的全部，尽管我可能忘记了它们的细节，但这仍然是一种永久的充实。我知道有人一遍又一遍地读同一本书，因为他们可能只是用眼睛，而不是感受力在阅读。这是一种机械练习。毫无疑问，这样做没有害处，但如果他们认为这是一种智力活动，那就错了。

在我年轻的时候，如果我对一本书的直觉与权威评论家的不同，我会毫不犹豫地断定是我错了。我不知道批评家们接受传统观点的概率有多大，我也从来没有想到他们能自信地谈论他们根本不太了解的东西。很久以后我才意识到，在艺术作品上，对我来说唯一重要的是我对这部作品的看法。我现在对自己的判断有了一定的信心，因为我发现，四十年前我对所读过的那些作家的一些本能的体会，以及由于和当时的主流意见不一致，我不愿去理会的一些看法，现在已经得到普遍的认同。尽管如此，我仍然阅读大量的批评文字，因为我认为这是一种非常愉快的文学创作形式。一个人并不总是想为了自己的灵魂而读书，没有比读大量的批评文字更能打发时间的了。意见相同或相左都是一件趣事；了解一个聪明人对某些作家的评论总是很有趣的，比如亨利·莫尔或是理查森，这些作家你可能从来没有机会读到他们的作品。

但一本书中唯一重要的是它对你的意义；对于批评家来说，它可能还有其他更深刻的含义，但这种二手的意义，对你的帮助就很小了。我读书不是为了书，而是为了我自己。评判书的好坏不是我的事，我要做的是尽可能地从中汲取我所需的知识，就像变形虫吸收外来物的微粒一样，那些我无法汲取的东西与我无关。我不是学者、学生或评论家，我是一个职业作家，现在我只读对我职业有用的东西。任谁都可以写一本书来推翻几个世纪前托勒密建立起的学说观点，而我却能心安理得不予理会；他还可以描述在巴塔哥尼亚腹地的一次令人难以置信的冒险之旅，而我依旧不会理睬。小说家除了自己的创作主题之外，没有必要成为任何主题的专家。相反，这对他是有害的，因为人性是软弱的，他难以去抵制那些不恰当使用自己特有知识的诱惑。如果一个小说家太过技术化，可以说是非常不明智的。九十年代开始流行使用大量行话，这种做法令人厌烦。没有这些行话，文章才可能有逼真的效果，而气氛的烘托是以乏味为其昂贵代价的。人是小说家的主题，小说家应该对与人有关的重大事件有所了解，但一般来说，他懂一点就足够了。他必须不惜一切代价避免卖弄学问。但即便如此，写作这个领域仍然是广阔的，我一直试图把自己限制在对我的目标有重要意义的作品上。你对你笔下的人物永远不可能有充分的了解。传记、回忆录和技术性的作品，往往会给你私密的细节、深刻的触动，以及启迪性的暗示，这些你可能从来都没有从一个活生生的生活原型中获得。人是难以了解的。因此说服他们把关于自己的、对自己有用的特别之事讲给你听，是一个缓慢的过程。但这样做有一个缺点，就是你不能像看一本书那样，看完一部分，可以暂时把它们放在一边，相反，你必须得读完整本书，然后才知道：它其实并没有多少可以告诉你的。

急于写作的年轻人有时会恭维我，请我给他们推荐一些他们必读的书。我给他们列了书单，他们却很少读这些书，因为他们似乎没什么好奇心。他们不在乎前人做了什么。他们读了弗吉尼亚·伍尔夫的两到三部小说，一部E. M. 福斯特的小说，一些D. H. 劳伦斯的小说，甚至《福尔赛世家》，就认为自己知道了所有关于小说艺术的必要知识。的确，当代文学具有古典文学所不具备的生动感染力，年轻作家了解同时代作家在写些什么以及如何写文章也是一件好事。但文学中也有风尚，要说出一种当下流行的写作风格有何内在的价值并非易事。因此了解过去的伟大作品能为比较提供很好的标准。我常想，尽管许多年轻作家才华横溢，技艺高超，却常常以失败告终，这是否是他们的无知造成的呢？他们写了两三本书，不仅精彩绝妙，而且手法娴熟，然后就风光不再了。这样的人并不能丰富一个国家的文学。要做到这一点，必须有那些能写出大量系列作品的作家，而非仅仅出版两三本书的人。当然，这条路充满坎坷，只有在十分幸运的情况下才可能创作出一部杰作。这样一部杰作通常是作家艰苦劳作才能达到的顶峰，而非那些没受过训练的天才的侥幸成功。作家只有不断地自我更新，才能富有创造力，而要自我更新，只能通过体验不同的人生来不断地丰富自己的灵魂才行。我们要对过去那些伟大文学进行迷人的探索，因为没有什么比这更能丰富创作源泉了。

因为艺术作品的诞生不是奇迹的结果，它需要准备。

无论土壤多么肥沃，都必须加以滋养。艺术家必须进行深思熟虑，通过努力、扩大、深化和丰富他的个性。就像土地需要休耕，艺术家就像基督的新娘，等待着即将带来新的灵性生命的启示。他耐心地从事着他的日常工作，潜意识却做着神秘的事情。突然在某个时刻，他就可能会文思泉涌，你会觉得从虚无中，新的想法便诞生了。但这就像种在石头地上的玉米一样容易枯萎，必须小心谨慎地照料它。艺术家头脑中所有的力量、技巧和经验，以及他的性格和个性里的任何东西，都必须集中在这上面，只有经历了无限的艰辛劳苦，艺术家才能以适合它的完整性将这个作品展现出来。

但我对年轻人并没有失去耐心，只有在他们需要我说时，我才会建议他们去读莎士比亚和斯威夫特，他们告诉我他们在幼儿园就读了《格列佛游记》，在学校读了《亨利四世》。如果他们觉得《名利场》难以忍受，而《安娜·卡列尼娜》无足轻重，那也只是他们自己的事。除非你享受阅读，否则阅读便没有价值。至少他们可以说，他们并不会遭受来自知识自负的折磨。他们也没有受广泛的文化所影响，消除对普通人的同情，毕竟普通人是他们的创作素材。他们与同伴之间的关系更加密切。他们所践行的艺术也不再神秘，而是和其他任何手艺地位相当。他们写小说和戏剧，就像别人造汽车一样真实自然。这一事实让人喜悦。对于艺术家，尤其是作家来说，在他内心的孤独中，他构建了一个不同于其他人的世界。这种让他成为作家的特质将他与众人区分开来，但矛盾也出现了，尽管他的目的是要真实地描述他人，但他的天赋将会阻止他了解真实的自我。就好像他迫切地想要看到某样东西，但是看它的这个举动，却在它面前蒙上了一层面纱，从而阻碍了他看清事实。作者完全置身于他所从事的行为之外。他就像一个喜剧演员，却从来没有在角色中失去自我，因为他既是观众，同时又是演员。可以说，诗歌是在平静中让人回忆起的情感，但诗人的情感是特别的，这种感情只属于诗人而非普通人，这种感情从来都不是公正无私的。这就是为什么拥有敏锐直觉的女性，经常发现诗人的爱情并不令人满意的原因。也许，只有今天这些更接近写作素材以及平凡人的作家，而非那些身处陌生人群的艺术家，才能冲破自身独特天赋所带来的桎梏，走近之前从未被他人探究过的简单的真实。

第二章

阅读使人不随波逐流

我之于书

夏丏尊

二十年来，我生活费中至少十分之一二是消耗在书上的。我的房子里比较贵重的东西就是书。

我向无对于任何一问题作高深研究的野心，因之所买的书范围较广，宗教、艺术、文学、社会、哲学、历史、生物，各方面差不多都有一点。最多的是各国文学名著的译本，与本国古来的诗文集，别的门类只是些概论等类的入门书而已。

我不喜欢向别人或图书馆借书，借来的书，在我好像过不来瘾似的，必要是自己买的才满足。这也可谓是一种占有的欲望。买到了几册新书，一册一册地加盖藏书印记，我最感到快悦的是这时候。

书籍到了我的手里以后，我的习惯是先看序文，次看目录。页数不多的往往立刻通读，篇幅大的，只把正文任择一二章节略加翻阅，就插在书架上。除小说外，我少有全体读完的大部的书，只凭了购入当时的记忆，知道某册书是何种性质，其中大概有些什么可取的材料而已。什么书在什么时候再去读再去翻，连我自己也无把握，完全要看一个时期一个时期的兴趣。关于这事，我常自比为古时的皇帝，而把插在架上的书，譬诸列屋而居的宫女。

我虽爱买书，而对于书却不甚爱惜。读书的时候，常在书上把我所认为要紧的处所标出。线装书大概用笔加圈，洋装书竟用红铅笔划粗粗的线。经我看过的书，统体干净的很少。

据说，任何爱吃糖果的人，只要叫他到糖果铺中去做事，见了糖果就会生厌。自我入书店以后，对于书的贪念，也已消除了不少了。可是仍不免要故态复萌，想买这种，想买那种。这大概因为糖果要用嘴去吃，往往摆存毫无意义，而书则可以买了不看，任其只管插在架上的缘故吧。

漫谈读书

梁实秋

于一般人而言，简便的修养方法还是读书。

我们现代人读书真是幸福。古者“著于竹帛谓之书”，竹就是竹简，帛就是缣素。书是稀罕而珍贵的东西。一个人若能垂于竹帛，便可以不朽。孔子晚年读《易》，韦编三绝，用韧皮贯联竹简，翻来翻去以至于韧皮都断了，那时候读书多么吃力！后来有了纸，有了毛笔，书的制作比较方便，但在印刷之术未行以前，书的流传完全是靠抄写。我们看看唐人写经，以及许多古书的抄本，可以知道一本书得来非易。自从有了印刷术，刻版、活字、石印、影印，乃至于显微胶片，读书的方便无以复加。

物以稀为贵。但是书究竟不是普通的货物。书是人类智慧的结晶，经验的宝藏，所以尽管如今满坑满谷的都是书，书的价值不是用金钱可以衡量的。价廉未必货色差，畅销未必内容好。书的价值在于其内容的精到。宋太宗每天读《太平御览》等书二卷，漏了一天则以后追补。他说："开卷有益，朕不以为劳也。"这是"开卷有益"一语之由来。《太平御览》采集群书一千六百余种，分为五十五门，历代典籍尽萃于是，宋太宗日理万机之暇日览两卷，当然可以说是"开卷有益"。如今我们的书太多了，纵不说粗制滥造，至少是种类繁多，接触的方面甚广。我们读书要有抉择，否则不但无益而且浪费时间。

那么读什么书呢？这就要看各人的兴趣和需要。在学校里，如果能在教师里遇到一两位有学问的，那是幸运的事，他能适当地指点我们读书的门径。离开学校就只有靠自己了。读书，永远不恨其晚。晚，比永远不读强。有一个原则也许是值得考虑的：作为一个道地的中国人，有些部书是非读不可的。这与行业无关，理工科的、财经界的、文法门的，都需要读一些蔚成中国文化传统的书。经书当然是其中重要的一部分，史书也一样地重要。盲目地读经不可以提倡，意义模糊的所谓“国学”亦不能餍现代人之望。一系列的古书是我们应该以现代眼光去了解的。

黄山谷说：“人不读书，则尘俗生其间，照镜则面目可憎，对人亦语言无味。”细味其言，觉得似有道理。事实上，我们所看到的人，确实是面目可憎、语言无味的居多。我曾思索，其中因果关系安在？何以不读书便面目可憎、语言无味？我想也许是因为读书等于是尚友古人，而且那些古人著书立说必定是一时才俊，与古人游不知不觉受其熏染，终乃收改变气质之功，境界既高，胸襟既广，脸上自然透露出一股清醇爽朗之气，无以名之，名之曰书卷气。同时在谈吐上也自然高远不俗。反过来说，人不读书，则所为何事，大概是陷身于世网尘劳，困厄于名缰利锁，五烧六蔽，苦恼烦心，自然面目可憎，焉能语言有味？

当然，改变气质不一定要靠读书。例如，艺术家就另有一种修为。“伯牙学琴于成连先生，三年不成……成连云吾师方子春今在东海中，能移人情。乃与伯牙俱往，至蓬莱山，留宿伯牙，曰：‘子居习之，吾将迎师。’刺船而去，旬时不返。伯牙遥望无人，但闻海水汩滑崩折之声，山林窅寞，群鸟悲号，怆然而叹曰：‘先生将移我情。’乃援琴而歌，曲终，成连回刺船迎之而返。伯牙遂为天下妙矣。”这一段记载，写音乐家之被自然改变气质，虽然神秘，不是不可理解的。禅宗教外别传，根本不立文字，靠了顿悟即能明心见性。这究竟是生有异禀的人之超绝的成就。以我们一般人而言，简便的修养方法还是读书。

书，本身就有情趣，可爱，大大小小形形色色的书，立在架上，放在案头，摆在枕边，无往而不宜。好的版本尤其可喜。我对线装书有一分偏爱。吴稚晖先生曾主张把线装书一律丢在茅厕坑里，这偏激之言令人听了不大舒服。如果一定要丢在茅厕坑里，我丢洋装书，舍不得丢线装书。可惜现在线装书很少见了，就像穿长袍的人一样的稀罕。几十年前我搜求杜诗版本，看到古逸丛书影印宋版蔡梦弼《草堂诗笺》，真是爱玩不忍释手，想见原本之版面大，刻字精，其纸张墨色均属上选。在校勘上笺注上此书不见得有多少价值，可是这部书本身确是无上的艺术品。

书中有无穷之乐

[德]叔本华

买了书且有读书的时间，这是最好的结果，但是一般人往往是买而不读，读而不精。

在身体方面，人靠所吃的东西而生；在精神方面，人靠所读的东西而生。要求读书的人记住他所读过的一切，就如同要求吃东西的人把他所吃过的东西全都保存吸收一样。身体只能吸收相同性质的东西，同样的道理，任何读书人仅能记住他所感兴趣的东西，也就是适合于他的思想体系的东西。任何人都有他的目标，然而只有很少的人能有自己的思想体系。没有思想体系的人，无论对什么事都不会有兴趣，因此这类人读书必定是徒劳无功，毫无心得。

温故乃研究之母。任何重要的书都要立即再读一遍，一则因再读时更能了解其所述各种事情之间的联系——知道其末尾，才能彻底理解其开端；再则读第二次就犹如在不同的光线中看一件东西一般，在书中各处都会有与读第一次时不同的情状和心境，因此所得的印象也就不同。

作品是作者精神活动的精华。如果作者是一位非常伟大的人物，他的作品就常比他的生活有更丰富的内容，或者至少也能代替他的生活。平庸作家的著作也可能是有益和有趣的，因为那也是他精神活动的精华，是他一切思想和研究的成果，但他的生活际遇并不一定能使我们满意。对于这类作家的作品，我们也不妨一读。高级的精神文化，往往会使我们渐渐达到另一种境地，从此可不必再依赖他人寻求乐趣，书中自有无穷之乐。

没有别的事情能比读古人的名著更能让我们感到精神上的快乐。我们拿起一本这样的古书来，即使只读半小时，也会觉得无比轻松、愉快、清净、超逸，仿佛汲饮了清冽的泉水那般舒适。个中原因，大概一是由于古代语言优美，再是因为作者的思想伟大和眼光深远，这样其作品才会虽历数千年却价值无损。我知道目前要学习古代语言已日渐困难，这种学习一旦停止，就会有一种新文艺兴起，其内容是以前未曾有过的野蛮、浅薄和无价值。德语的情况就是如此。现在的德语还保有古代的若干优点，但很不幸的是，有许多无聊作家正在热心而有计划地滥用语言，使它渐渐成为贫乏、鄙陋，甚至莫名其妙的东西。

论雅俗共赏

朱自清

陶渊明有“奇文共欣赏，疑义相与析”的诗句，那是一些“素心人”的乐事，“素心人”当然是雅人，也就是士大夫。这两句诗后来凝结成“赏奇析疑”一个成语，“赏奇析疑”是一种雅事，俗人的小市民和农家子弟是没有份儿的。然而又出现了“雅俗共赏”这一个成语，“共赏”显然是“共欣赏”的简化，可是这是雅人和俗人或俗人跟雅人一同在欣赏，那欣赏的大概不会还是“奇文”罢。这句成语不知道起于什么时代，从语气看来，似乎雅人多少得理会到甚至迁就着俗人的样子，这大概是在宋朝或者更后罢。

原来唐朝的安史之乱可以说是我们社会变迁的一条分水岭。在这之后，门第迅速地垮了台，社会的等级不像先前那样固定了，“士”和“民”这两个等级的分界不像先前的严格和清楚了，彼此的分子在流通着、上下着。而上去的比下来的多，士人流落民间的究竟少，老百姓加入士流的却渐渐多起来。王侯将相早就没有种了，读书人到了这时候也没有种了；只要家里能够勉强供给一些，自己有些天分，又肯用功，就是个“读书种子”；去参加那些公开的考试，考中了就有官做，至少也落个绅士。这种进展经过唐末跟五代的长期的变乱加了速度，到宋朝又加上印刷术的发达，学校多起来了，士人也多起来了，士人的地位加强，责任也加重了。这些士人多数是来自民间的新的分子，他们多少保留着民间的生活方式和生活态度。他们一面学习和享受那些雅的，一面却还不能摆脱或蜕变那些俗的。人既然很多，大家是这样，也就不觉其寒碜；不但不觉其寒碜，还要重新估定价值，至少也得调整那旧来的标准与尺度。“雅俗共赏”似乎就是新提出的尺度或标准，这里并非打倒旧标准，只是要求那些雅士理会到或迁就些俗士的趣味，好让大家打成一片。当然，所谓“提出”和“要求”，都只是不自觉的看来是自然而然的趋势。

中唐的时期，比安史之乱还早些，禅宗的和尚就开始用口语记录大师的说教。用口语为的是求真与化俗，化俗就是争取群众。安史之乱后，和尚的口语记录更其流行，于是乎有了“语录”这个名称，“语录”就成为一种著述体了。到了宋朝，道学家讲学，更广泛地留下了许多语录；他们用语录，也还是为了求真与化俗，还是为了争取群众。所谓求真的“真”，一面是如实和直接的意思。禅家认为第一义是不可说的，语言文字都不能表达那无限的可能，所以是虚妄的。然而实际上语言文字究竟是不免要用的一种“方便”，记录文字自然越近实际的、直接的说话越好。在另一面这“真”又是自然的意思，自然才亲切，才让人容易懂，也就是更能收到化俗的功效，更能获得广大的群众。道学主要的是中国的正统的思想，道学家用了语录做工具，大大地增强了这种新的文体的地位，语录就成为一种传统了。比语录体稍稍晚些，还出现了一种宋朝叫作“笔记”的东西。这种作品记述有趣味的杂事，范围很宽，一方面发表作者自己的意见，所谓议论，也就是批评，这些批评往往也很有趣味。作者写这种书，只当作对客闲谈，并非一本正经，虽然以文言为主，可是很接近说话。这也是给大家看的，看了可以当作“谈助”，增加趣味。宋朝的笔记最发达，当时盛行，流传下来的也很多。目录家将这种笔记归在“小说”项下，近代书店汇印这些笔记，更直题为“笔记小说”；中国古代所谓“小说”，原是指记述杂事的趣味作品而言的。

那里我们得特别提到唐朝的“传奇”。“传奇”据说可以见出作者的“史才、诗笔、议论”，是唐朝士子在投考进士以前用来送给一些大人先生看，介绍自己，求他们给自己宣传的。其中不外乎灵怪、艳情、剑侠三类故事，显然是以供给“谈助”，引起趣味为主。无论照传统的意念，或现代的意念，这些“传奇”无疑是小说，一方面也和笔记的写作态度有相类之处。照陈寅恪先生的意见，这种“传奇”大概起于民间，文士是仿作，文字里多口语化的地方。陈先生并且说唐朝的古文运动就是从这儿开始。他指出古文运动的领导者韩愈的《毛颖传》，正是仿“传奇”而作。我们看韩愈的“气盛言宜”的理论和他的参差错落的文句，也正是多多少少在口语化。他的门下的“好难”“好易”两派，似乎原来也都是在试验如何口语化。可是“好难”的一派过分强调了自己，过分想出奇制胜，不管一般人能够了解欣赏与否，终于被人看作“诡”和“怪”而失败，于是宋朝的欧阳修继承了“好易”的一派的努力而奠定了古文的基础。——以上说的种种，都是安史之乱后几百年间自然的趋势，就是那雅俗共赏的趋势。

宋朝不但古文走上了“雅俗共赏”的路，诗也走向这条路。胡适之先生说宋诗的好处就在“作诗如说话”，一语破的指出了这条路。自然，这条路上还有许多曲折，但是就像不好懂的黄山谷，他也提出了“以俗为雅”的主张，并且点化了许多俗语成为诗句。实践上“以俗为雅”，并不从他开始，梅圣俞、苏东坡都是好手，而苏东坡更胜。据记载，梅和苏都说过“以俗为雅”这句话，可是不大靠得住；黄山谷却在《再次杨明叔韵》一诗的“引”里郑重地提出“以俗为雅，以故为新”，说是“举一纲而万目张”。他将“以俗为雅”放在第一，因为这实在可以说是宋诗的一般作风，也正是“雅俗共赏”的路。但是加上“以故为新”，路就曲折起来，那是雅人自赏，黄山谷所以终于不好懂了。不过黄山谷虽然不好懂，宋诗却终于回到了“作诗如说话”的路，这“如说话”，的确是条大路。

雅化的诗还不得不回向俗化，刚刚来自民间的词，在当时不用说自然是“雅俗共赏”的。别瞧黄山谷的有些诗不好懂，他的一些小词可够俗的。柳耆卿更是个通俗的词人。词后来虽然渐渐雅化或文人化，可是始终不能雅到诗的地位，它怎么着也只是“诗余”。词变为曲，不是在文人手里变，是在民间变的；曲又变得比词俗，虽然也经过雅化或文人化，可是还雅不到词的地位，它只是“词余”。一方面从晚唐和尚的俗讲演变出来的宋朝的“说话”就是说书，乃至后来的平话以及章回小说，还有宋朝的杂剧和诸宫调等转变为成功的元朝的杂剧和戏文，乃至后来的传奇，以及皮黄戏，更多半是些“不登大雅”的“俗文学”。这些除元杂剧和后来的传奇也算是“词余”以外，在过去的文学传统里简直没有地位；也就是说这些小说和戏剧在过去的文学传统里多半没有地位，有些有点地位，也不是正经地位。可是虽然俗，大体上却“俗不伤雅”，虽然没有什么地位，却总是“雅俗共赏”的玩意儿。

“雅俗共赏”是以雅为主的，从宋人的“以俗为雅”以及常语的“俗不伤雅”，更可见出这种宾主之分。起初成群俗士蜂拥而上，固然逼得原来的雅士不得不理会到甚至迁就着他们的趣味，可是这些俗士需要摆脱的更多。他们在学习，在享受，也在蜕变，这样渐渐适应那雅化的传统，于是乎新旧打成一片，传统多多少少变了质继续下去。前面说过的文体和诗风的种种改变，就是新旧双方调整的过程，结果迁就的渐渐不觉其为迁就，学习的也渐渐习惯成了自然，传统的确稍稍变了质，但是还是文言或雅言为主，就算跟民众近了一些，近得也不太多。

至于词曲，算是新起于俗间，实在以音乐为重，文辞原是无关轻重的；“雅俗共赏”，正是那音乐的作用。后来雅士们也曾分别将那些文辞雅化，但是因为音乐性太重，使他们不能完成那种雅化，所以词曲终于不能达到诗的地位。而曲一直配合着音乐，雅化更难，地位也就更低，还低于词一等。可是词曲到了雅化的时期，那“共赏”的人却就雅多而俗少了。真正“雅俗共赏”的是唐、五代、北宋的词，元朝的散曲和杂剧，还有平话和章回小说以及皮黄戏等。皮黄戏也是音乐为主，大家直到现在都还在哼着那些粗俗的戏词，所以雅化难以下手，虽然一二十年来这雅化也已经试着在开始。平话和章回小说，传统里本来没有，雅化没有合适的榜样，进行就不易。《三国演义》虽然用了文言，却是俗化的文言，接近口语的文言，后来的《水浒传》《西游记》《红楼梦》等就都用白话了。不能完全雅化的作品在雅化的传统里不能有地位，至少不能有正经的地位。雅化程度的深浅，决定这种地位的高低或有没有，一方面也决定“雅俗共赏”的范围的小和大——雅化越深，“共赏”的人越少，越浅也就越多。所谓多少，主要的是俗人，是小市民和受教育的农家子弟。在传统里没有地位或只有低地位的作品，只算是玩意儿；然而这些才接近民众，接近民众却还能教“雅俗共赏”，雅和俗究竟有共通的地方，不是不相理会的两橛了。

单就玩意儿而论，“雅俗共赏”虽然是以雅化的标准为主，“共赏”者却以俗人为主。固然，这在雅方得降低一些，在俗方也得提高一些，要“俗不伤雅”才成；雅方看来太俗，以至于“俗不可耐”的，是不能“共赏”的。但是在什么条件之下才会让俗人所“赏”的，雅人也能来“共赏”呢？我们想起了“有目共赏”这句话。孟子说过“不知子都之姣者，无目者也”，“有目”是反过来说，“共赏”还是陶诗“共欣赏”的意思。子都的美貌，有眼睛的都容易辨别，自然也就能“共赏”了。孟子接着说：“口之于味也，有同嗜焉；耳之于声也，有同听焉；目之于色也，有同美焉。”这说的是人之常情，也就是所谓人情不相远。但是这不相远似乎只限于一些具体的、常识的、现实的事物和趣味。譬如北平罢，故宫和颐和园，包括建筑、风景和陈列的工艺品，似乎是“雅俗共赏”的，天桥在雅人的眼中似乎就有些太俗了。说到文章，俗人所能“赏”的也只是常识的、现实的。后汉的王充出身是俗人，他多多少少代表俗人说话，反对难懂而不切实用的辞赋，却赞美公文能手。公文这东西关系雅俗的现实利益，始终是不曾完全雅化了的。再说后来的小说和戏剧，有的雅人说《西厢记》诲淫，《水浒传》诲盗，这是“高论”。实际上这一部戏剧和这一部小说都是“雅俗共赏”的作品。《西厢记》无视了传统的礼教，《水浒传》无视了传统的忠德，然而“男女”是“人之大欲”之一，“官逼民反”，也是人之常情，梁山泊的英雄正是被压迫的人民所想望的。俗人固然同情这些，一部分的雅人，跟俗人相距还不太远的，也未尝不高兴这两部书说出了他们想说而不敢说的。这可以说是一种快感、一种趣味，可并不是低级趣味；这是有关系的，也未尝不是有节制的。“诲淫”“诲盗”只是代表统治者的利益的说话。

十九世纪二十世纪之交是个新时代，新时代给我们带来了新文化，产生了我们的知识阶级。这知识阶级跟从前的读书人不大一样，包括了更多的从民间来的分子，他们渐渐跟统治者拆伙而走向民间。于是乎，有了白话正宗的新文学，词曲和小说戏剧都有了正经的地位，还有种种欧化的新艺术。这种文学和艺术却并不能让小市民来“共赏”，不用说农工大众。于是乎，有人指出这是新绅士也就是新雅人的欧化，不管一般人能够了解欣赏与否。他们提倡“大众语”运动。但是时机还没有成熟，结果不显著。抗战以来又有“通俗化”运动，这个运动并已经在开始转向大众化。“通俗化”还分别雅俗，还是“雅俗共赏”的路，大众化却更进一步要达到那没有雅俗之分，只有“共赏”的局面。这大概也会是所谓由量变到质变罢。

故事与诗

朱光潜

据我的教书经验来说，一般青年都欢喜听故事而不欢喜读诗。记得从前在中学里教英文，讲一篇小说时常有别班的学生来旁听；但是遇着讲诗时，旁听者总是瞟着机会逃出去。就出版界的消息看，诗是一种滞销货。一部大致不差的小说就可以卖钱，印出来之后一年中可以再版三版。但是一部诗集尽管很好，要印行时须得诗人自己掏腰包作印刷费，过了多少年之后，藏书家如果要买它的第一版，也用不着费高价。

从此一点，我们可以看出现在一般青年对于文学的趣味还是很低。在欧洲各国，小说固然也比诗畅销，但是没有在中国的这样大的悬殊，并且有时诗的畅销更甚于小说。据去年的统计，法国最畅销的书是波德莱尔的《罪恶之花》。这是一部诗，而且并不是容易懂的诗。

一个人不欢喜诗，何以文学趣味就低下呢？因为一切纯文学都要有诗的特质。一部好小说或是一部好戏剧都要当作一首诗看。诗比别类文学较谨严，较纯粹，较精致。如果对于诗没有兴趣，对于小说戏剧散文学等等的佳妙处也终不免有些隔膜。不爱好诗而爱好小说戏剧的人们大半在小说和戏剧中只能见到最粗浅的一部分，就是故事。所以他们看小说和戏剧，不问他们的艺术技巧，只求它们里面有有趣的故事。他们最爱读的小说不是描写内心生活或者社会真相的作品，而是《福尔摩斯探案集》之类的东西。爱好故事本来不是一件坏事，但是如果要真能欣赏文学，我们一定要超过原始的童稚的好奇心，要超过对于《福尔摩斯探案集》的爱好，去求艺术家对于人生的深刻的观照以及他们传达这种观照的技巧。第一流小说家不尽是会讲故事的人，第一流小说中的故事大半只像枯树搭成的花架，用处只在撑扶住一园锦绣灿烂、生气蓬勃的葛藤花卉。这些故事以外的东西就是小说中的诗。读小说只见到故事而没有见到它的诗，就像看到花架而忘记架上的花。要养成纯正的文学趣味，我们最好从读诗入手。能欣赏诗，自然能欣赏小说戏剧及其他种类文学。

如果只就故事说，陈鸿的《长恨歌传》未必不如白居易的《长恨歌》或洪昇的《长生殿》，元稹的《会真记》未必不如王实甫的《西厢记》，兰姆的《莎士比亚故事集》未必不如莎士比亚的剧本。但是就文学价值说，《长恨歌》《西厢记》和莎士比亚的剧本都远非它们所根据的或脱胎的散文故事所可比拟。我们读诗，须在《长恨歌》《西厢记》和莎士比亚的剧本之中寻出《长恨歌传》《会真记》和《莎士比亚故事集》之中所寻不出来的东西。举一个很简单的例子来说，比如贾岛的《寻隐者不遇》：

松下问童子，言师采药去。只在此山中，云深不知处。

或是崔颢的《长干行》：

君家何处住？妾住在横塘。停舟暂借问，或恐是同乡。

里面也都有故事，但是这两段故事多么简单平凡！两首诗之所以为诗，并不在这两个故事，而在故事后面的情趣，以及抓住这种简朴而隽永的情趣，用一种恰如其分的简朴而隽永的语言表现出来的艺术本领。这两段故事你和我都会说，这两首诗却非你和我所作得出，虽然从表面看起来，它们是那么容易。读诗就要从此种看来虽似容易而实在不容易作出的地方下功夫，就要学会了解此种地方的佳妙。对于这种佳妙的了解和爱好就是所谓“趣味”。

各人的天资不同，有些人生来对于诗就感觉到趣味，有些人生来对于诗就丝毫不感觉到趣味，也有些人只对于某一种诗才感觉到趣味。但是趣味是可以培养的。真正的文学教育不在读过多少书和知道一些文学上的理论和史实，而在培养出纯正的趣味。这件事实在不很容易。培养趣味好比开疆辟土，须逐渐把本非我所有的变为我所有的。记得我第一次读外国诗，所读的是《古舟子咏》，简直不明白那位老船夫因射杀海鸟而受天谴的故事有什么好处，现在回想起来，这种蒙昧真是可笑，但是在当时我实在不觉得这诗有趣味。后来明白作者在意象音调和奇思幻想上所做的功夫，才觉得这真是一首可爱的杰作。这一点觉悟对于我便是一层进益，而我对于这首诗所觉到的趣味也就是我所征服的新领土。我学西方诗是从十九世纪浪漫派诗人入手，从前只觉得这派诗有趣味，讨厌前一个时期的假古典派的作品，不了解法国象征派和现代英国的诗；对它们逐渐感到趣味，又觉得我从前所爱好的浪漫派诗有好些毛病，对于它们的爱好不免淡薄了许多。我又回头看看假古典派的作品，逐渐明白作者的环境立场和用意，觉得它们也有不可抹杀之处，对于他们的嫌恶也不免减少了许多。在这种变迁中我又征服了许多新领土，对于已得的领土也比从前认识较清楚。对于中国诗我也经过了同样的变迁。最初我由爱好唐诗而看轻宋诗，后来我又由爱好魏晋诗而看轻唐诗。现在觉得各朝诗都各有特点，我们不能以衡量魏晋诗的标准去衡量唐诗和宋诗。它们代表几种不同的趣味，我们不必强其同。

对于某一种诗，从不能欣赏到能欣赏，是一种新收获；从偏嗜到和他种诗参观互较而重新加以公平的估价，是对于已征服的领土筑了一层更坚固的壁垒。学文学的人最坏的脾气是坐井观天，依傍一家门户，对于口味不合的作品一概藐视。这种人不但是近视，在趣味方面不能有进展；就连他们自己所偏嗜的也很难真正地了解欣赏，因为他们缺乏比较资料和真确观照所应有的透视距离。文艺上的纯正的趣味必定是广博的趣味；不能同时欣赏许多派别诗的佳妙，就不能充分地真确地欣赏任何一派诗的佳妙。趣味很少生来就广博，好比开疆辟土，要不厌弃荒原瘠壤，一分一寸地逐渐向外伸张。

趣味是对于生命的彻悟和留恋，生命时时刻刻都在进展和创化，趣味也就要时时刻刻在进展和创化。水停蓄不流便腐化，趣味也是如此。从前私塾冬烘学究以为天下之美尽在八股文、试帖诗、《古文观止》和《袁了凡纲鉴》。他们对于这些乌烟瘴气何尝不津津有味？这算是文学的趣味吗？习惯的势力之大往往不是我们能想象的。我们每个人多少都有几分冬烘学究气，都把自己囿在习惯所画成的狭小圈套中，对于这个圈套以外的世界都视而不见，听而不闻。沉溺于风花雪月者以为只有风花雪月才有诗，沉溺于爱情者以为只有爱情中才有诗，沉溺于阶级意识者以为只有阶级意识中才有诗。风花雪月本来都是好东西，可是这四个字联在一起，引起多么俗滥的联想！联想到许多吟风弄月的滥调，多么令人作呕！“神圣的爱情”“伟大的阶级意识”之类大概也有一天都归于风花雪月之列吧？这些东西本来是佳丽，是神圣，是伟大，一旦变成冬烘学究所赞叹的对象，就不免成了八股文和试帖诗。道理是很简单的。艺术和欣赏艺术的趣味都必须有创造性，都必时时刻刻在开发新境界，如果让你的趣味囿在一个狭小圈套里，它无机会可创造开发，自然会僵死，会腐化。一种艺术变成僵死腐化的趣味的寄生之所，它怎能有进展开发？怎能不随之僵死腐化？

艺术和欣赏艺术的趣味都与滥调是死对头。但是每件东西都容易变成滥调，因为每件东西和你熟悉之后，都容易在你的心理上养成习惯反应。像一切其他艺术一样，诗要说的话都必定是新鲜的。但是世间哪里有许多新鲜话可说？有些人因此替诗危惧，以为关于风花雪月、爱情、阶级意识等等的话或都已被人说完，或将有被人说完的一日，那一日恐怕就是诗的末日了。抱这种顾虑的人们根本没有了解诗究竟是什么一回事。诗的疆土是开发不尽的，因为宇宙生命时时刻刻在变动进展中，这种变动进展的过程中每一时每一境都是个别的、新鲜的、有趣的。所谓"诗"并无深文奥义，它只是在人生世相中见出某一点特别新鲜有趣而把它描绘出来。这句话中"见"字最吃紧。特别新鲜有趣的东西本来在那里，我们不容易"见"着，因为我们的习惯蒙蔽住我们的眼睛。我们如果沉溺于风花雪月，也就见不着阶级意识中的诗；我们如果沉溺于油盐柴米，也就见不着风花雪月中的诗。谁没有看见过在田里收获的农夫农妇？但是谁——除非是米勒（Millet）、陶渊明、华兹华斯（Wordsworth）——在这中间见着新鲜有趣的诗？诗人的本领就在见出常人之所不能见，读诗的用处也就在随着诗人所指点的方向，见出我们所不能见；这就是说，觉得我们所素认为平凡的实在新鲜有趣。我们本来不觉得乡村生活中有诗，从读过陶渊明、华兹华斯诸人的作品之后，便觉得它有诗；我们本来不觉得城市生活和工商业文化之中有诗，从读过美国近代小说和俄国现代诗之后，便觉得它也有诗。莎士比亚教我们会在罪孽灾祸中见出庄严伟大，伦勃朗（Rembrandt）和罗丹（Rodin）教我们会在丑陋中见出新奇。诗人和艺术家的眼睛是点铁成金的眼睛。生命生生不息，他们的发现也生生不息。如果生命有末日，诗总会有末日。到了生命的末日，我们自无容顾虑诗是否还存在。但是有生命而无诗的人虽未到诗的末日，实在是早已到生命的末日了，那真是一件最可悲哀的事。“哀莫大于心死”，所谓“心死”就是对于人生世相失去解悟和留恋，就是对于诗无兴趣。

读诗的功用不仅在消愁遣闷，不仅是替有闲阶级添一件奢侈；它在使人到处都可以觉到人生世相新鲜有趣，到处可以吸收维持生命和推展生命的活力。

诗是培养趣味的最好的媒介，能欣赏诗的人们不但对于其他种种文学可有真确的了解，而且也决不会觉得人生是一件干枯的东西。

看书琐记

鲁迅[①]

高尔基很惊服巴尔札克小说里写对话的巧妙，以为并不描写人物的模样，却能使读者看了对话，便好像目睹了说话的那些人。

中国还没有那样好手段的小说家，但《水浒》和《红楼梦》的有些地方，是能使读者由说话看出人来的。其实，这也并非什么奇特的事情，在上海的弄堂里，租一间小房子住着的人，就时时可以体验到。他和周围的住户，

① 此文发表时署名为“焉于”。

是不一定见过面的，但只隔一层薄板壁，所以有些人家的眷属和客人的谈话，尤其是高声的谈话，都大略可以听到，久而久之，就知道那里有那些人，而且仿佛觉得那些人是怎样的人了。

如果删除了不必要之点，只摘出各人的有特色的谈话来，我想，就可以使别人从谈话里推见每个说话的人物。但我并不是说，这就成了中国的巴尔札克。

作者用对话表现人物的时候，恐怕在他自己的心目中，是存在着这人物的模样的，于是传给读者，使读者的心目中也形成了这人物的模样。但读者所推见的人物，却并不一定和作者所设想的相同，巴尔札克的小胡须的清瘦老人，到了高尔基的头里，也许变成了粗蛮壮大的络腮胡子。不过那性格，言动，一定有些类似，大致不差，恰如将法文翻成了俄文一样。要不然，文学这东西便没有普遍性了。

文学虽然有普遍性，但因读者的体验的不同而有变化，读者倘没有类似的体验，它也就失去了效力。譬如我们看《红楼梦》，从文字上推见了林黛玉这一个人，但须排除了梅博士的“黛玉葬花”照相的先入之见，另外想一个，那么，恐怕会想到剪头发，穿印度绸衫，清瘦，寂寞的摩登女郎；或者别的什么模样，我不能断定。但试去和三四十年前出版的《红楼梦图咏》之类里面的画像比一比罢，一定是截然两样的，那上面所画的，是那时的读者的心目中的林黛玉。

文学有普遍性，但有界限；也有较为永久的，但因读者的社会体验而生变化。北极的遏斯吉摩人和菲洲腹地的黑人，我以为是不会懂得“林黛玉型”的；健全而合理的好社会中人，也将不能懂得，他们大约要比我们的听讲始皇焚书，黄巢杀人更起隔膜。一有变化，即非永久，说文学独有仙骨，是做梦的人们的梦话。

我的书：《芥子园画谱》

丰子恺

“我的书”，这题目很广大。我虽非藏书家，大大小小，新新旧旧，也有四五橱的书，不知当从哪一册说起？先拣最漂亮一点的来说吧。假定价贵就是漂亮，先拣价最贵的来说吧。我所有的书中，价最贵的要算去年向有正书局买来的一部《芥子园画谱》。这部书共分三集，第一集四册，定价六元。第二集又四册，定价又六元。第三集也是四册，定价却是三十二元。全书一共定价四十四元。我托书店代买，照同行打九折，实出大洋三十九元六角。在我所有书中，这部要算最贵的了。次贵的书，其价不及此书之半。

先谈我买这书的动机：我学画从西洋画法的石膏模型木炭写生入手，一向不曾要求画谱。以前看见别人拿出《芥子园》临摹，便鄙视他。一则为了有几个人所临摹的《芥子园》，是画摊上几只角子一部的油光纸的石印本。那本子不是照相落石的，是由人用手临摹而石印的。我虽不娴中国画，也能一望而知其失真。假如这种本子里的笔墨照原本打个对折，临摹的人所摹得的又打一个对折，这人所学得的实在无几。怪不得中国的画运要衰微了。我认为这些手摹石印本的《芥子园画谱》比低级趣味的书更为低级，是画匠所用的东西。二则，根本我认为学画须以自然为师，不必临摹古本。由临摹而得的画法，往往落套，譬如树的画法、桥的画法、亭的画法等，在他们心中已有了一定型。人的画法也如此，所以二十世纪的中国画家还在那里写纶巾、道袍、红袖、翠带的古装人物，形成“时代错误”的状态。故我以为学画不须学画谱，对于《芥子园》的存在根本地怀疑。因此，我一向鄙视《芥子园》。我所以肯买这册书，为的是有一天，我偶然看到一条兰的立幅的旁边的花盆架上供着一盆真的兰花。把实物与画对照地看了一会，觉得中国画的象征的表现法，真是奇妙；并不肖似实际的兰花，却能力强地表出兰花所有的特点。这有些近于漫画手法，比石膏模型写实的画法轻快得多。此后我对中国画渐渐地怀着好感。对《芥子园》的鄙视也渐渐消失了。偶然遇到这部书，我也仔细地翻阅。觉得这是一部中国画的教科书。分门别类，择要示范；虽非名家真迹，也可谓具体而微。可惜翻印的本子太坏，不免毫厘千里之差。因此我闻知有正书局有精印的本子发卖，就决心去买一部。我买它来非为临摹，只许阅读。古人称看画为“读画”，我没有这样神会默悟的观照工夫。现在所谓“阅读”，也只是说同读书一样翻翻而已。详言之，我预备拿这画谱中所描的东西来同实物对照，同从前对照兰花和其立幅一样。我想由此看出实物形态和书中形态的差异，因而探求中国画的表现方法的一般的规则。说“一般的规则”，似乎太科学。主张气韵生动的中国画家看了，定要笑我太死板。但我也以为古代的画论太玄妙，中国画倘要继续它的血食，在某限度内也非受一下科学的洗礼不可。虽然我生活繁忙，立此志已有一二年而终于未有所得，但“理想是事实之母”，假我数年，五十以学中国画，也一定可以得到一个结果——成功或失败。这是我买《芥子园》的动机。

我先买第二集，梅兰竹菊谱。因为一则我听某人说学中国画须从四君子入手，所以先买它。二则我觉得中国画谱中所载的大多数是古代社会的模样，古代人的衣服，古代的生活，与现世相去太远，无从找到实物来对照研究。四君子没有古装与今装，便于作上述的研究，所以我先看中它们。印刷果然比石印本高明得多。然而我终于没有工夫特地找梅兰竹菊来和画谱中的四君子对照研究。只是翻了三次——真不过三次：初买来时翻了一次。后来别人借去看了几天，拿来还我时，又乘便翻了一次。最近想写这篇文章时又翻了一次。不过有了这册之后，我每逢看着梅兰竹菊的时候，比以前要注意些。我想：“古人是看了这东西而想出那种画法来的。我也何妨来验一下这个创作的心理看。”于是出神地看了几眼。虽然都是匆忙地，偶然地，终于没有发见什么“至理”，但有时也感到一种兴味。有兴味，总是有作用的原故。有作用，也许其作用近于那“至理”了。我常常拿这样的一念来自慰。然实际上终于未有所获得。只是在那序文中看了二句不能忘却的话。“康熙辛巳菊月雄州余椿题于秦淮”的梅菊谱序中，有这样的两句：

“诗文字画，皆为丰岁之珍，饥年之粟。”

我最初看到，想给他在“饥年”二字上面加一“非”字。后来一位朋友说我太浅薄了。他就代作者想出二种解释来：一者，饥的原因倘是自然力，例如水灾或火灾，这是天谴。古人有知天命而善于安贫乐道者。则诗文字画之道，可为他们的饥年之粟。二者，饥年的原因倘是人力，这是人祸。诗文字画倘能与时代社会相关，也可以替代饥民求粟的哭声，所以这句话也说得通。我想，其然，岂其然欤？究竟本意如何，只有回到康熙年间去问问作者才能知道。

后来我又听人说，学中国画宜从画石入手，就继续去买含有石谱的第一集。我想，西洋画的裸体女人为基本练习，中国画以石为基本练习，这对照非常奇妙。前者太柔而后者太刚，前者太活而后者太死，前者太有情，后者太无情了。但是我觉得也有两个共通点：一者都是自然物，二者都是形态复杂而变化无定的。人体多曲线，其形态有种种而变化无定，石多直线，其形态也有种种而变化无定。故西洋画笔法密致而中国画笔法疏朗。西洋画中描一株树也用肢体似的线条，中国画中描一个人也用石纹似的衣褶。我买了石谱之后，看见了石头似觉很有意思。那些崎岖的无名的形状，都能使我看出一些表情来，因而回想过去在各种的中国画中的所见，我觉得学中国画从石入手之说，比从四君子入手之说更为合理。理由这样：无名的形象（例如石），比有名的形象（例如四君子）宜作基本练习的题材。因为它无名，观察时可以摒弃一切先入为主观念而看到纯粹形象。西洋画的基本练习虽然是人体（石膏模型或莫特尔），但专门研究者常不画全体而画

torso，就是肢体的一部分。便是取其近于无名的纯粹形象而适于基本练习的原故。有些人看见画家描一个没头的人，或者没有肢体的一段胴部，或者仅描背部和臀部，拿到展览会里去出品，不免要笑他们；这杀头断腿的形状可怕之极，岂可当作画供人欣赏？不知在西洋画家自有其技术的苦心为根据。可见世间是非真难说的。未曾身入其境，不知此中甘苦，信口批评，有时不免冤枉。以前我之鄙视《芥子园》也是其一例。

后来我在病中听人说，《芥子园》三集出版了。我料想也是六块钱一部的；即使上下，相差总看得见。便写信给上海的友人，托他去买。想以此为病中的消闲品。不久书寄到，发票亦到。票上写着定价三十二元，九折实洋也要廿八元余。我最初觉得有些肉痛。打开书来一看，又有些失望，只有两本是画，余两本中一半是木版大字的画论，一半是花卉虫鸟的描法。早知如此，我不买这第三集了。然而已经买了，总要看出它一些好处来，方才可以自慰。翻了一遍，果然也发见些好处：这里有两本全是花卉翎毛的彩色画，而且是人工木版套印的。一幅上多至五六套颜色，而且每一色又有浓淡之不同。说这是人工印的，几乎不能使人相信。后来我听人说，才知道印的功夫的确很大，那些浓淡全靠用手在板子上做出来的。我没有看见过这种印刷工场，但凭想象，恐怕印一张所费功夫，同照样临摹一张相差不远。不过难得这样正确而敏捷的临手，所以还是用模子印。但这时对我真是出力不讨好。我平素不大欢喜看工笔细写的画。我以为与其看毛羽色泽完全逼真的翡翠鸟的画，不如到动物园里去看看真的翡翠鸟；与其看花瓣一个不少而叶脉一丝不乱的月季花的画，不如到植物园里去看看真的月季花。结果这部《芥子园》第三集在我的书橱中价值最贵，而对我的感情最薄。我常常不理睬它。但也有欢喜这一路工笔的朋友见了，倾情地称赞它一番。“啊！印得真漂亮！”“完全同画一样！”“完全同真的一样！”“廿八块钱，足值足值！”到底价贵就是漂亮！它的漂亮能博得这样的赞誉，我也觉得“廿八块钱，足值，足值”了。

法布尔昆虫记

周作人

法国法布尔所著的《昆虫记》共有十一册，我只见到英译《本能之惊异》《昆虫的恋爱与生活》《蠓虫的生活》和从全书中摘辑给学生读的《昆虫的奇事》，日本译《自然科学故事》《蜘蛛的生活》以及全译《昆虫记》第一卷罢了。在中国要买外国书物实在不很容易，我又不是专门家，积极地去收罗这些书，只是偶然的遇见买来，所以看见的不过这一点，但是已经尽够使我十分佩服这“科学的诗人”了。

法布尔的书中所讲的是昆虫的生活，但我们读了却觉得比看那些无聊的小说戏剧更有趣味，更有意义。他不去做解剖和分类的工夫（普通的昆虫学里已经说的够了），却用了观察与试验的方法，实地地记录昆虫的生活现象，本能和习性之不可思议的神妙与愚蒙。我们看了小说戏剧中所描写的同类的运命，受到深切的铭感，现在见了昆虫界的这些悲喜剧，仿佛是听说远亲——的确是很远的远亲——的消息，正是一样迫切的动心，令人想起种种事情来。他的叙述，又特别有文艺的趣味，更使他不愧有昆虫的史诗之称。戏剧家罗斯丹（Rostand）批评他说，“这个大科学家像哲学者一般的想，美术家一般的看，文学家一般的感受而且抒写”，实在可以说是最确切的评语。默忒林克（Maeterlinck）称他为“昆虫的荷马”，也是极简明的一个别号。

法布尔的少年生活，在他的一篇《爱昆虫的小孩》中说得很清楚，他的学业完全是独习得来的。他在乡间学校里当理化随后是博物的教师，过了一世贫困的生活。他的特别的研究后来使他得了大名，但在本地不但没有好处，反而造成许多不愉快的事情。同僚因为他的博物讲义太有趣味，都妒忌他，叫他作“苍蝇”，他的房东是两个老姑娘，说他的讲义里含有非宗教的分子，把他赶了出去。许多学者又非难他的著作太浅显了，缺少科学的价值。法布尔在《荒地》一篇论文里说：“别的人非难我的文体，以为没有教室里的庄严，不，还不如说是干燥。他们恐怕一页书读了不疲倦的，未必含着真理。据他们说，我们的说话要晦涩，这才算是思想深奥。你们都来，你们带刺者，都来帮助我，替我作见证。告诉他们，我的对于你们的密切的交情，观察的忍耐，记录的仔细。你们的证据是一致的：是的，我的书册，虽然不曾满装着空虚的方式与博学的胡诌，却是观察得来的事实之精确的叙述，一点不多，也一点不少；凡想去考察你们事情的人，都能得到同一的答案。”他又直接的对着反对他的人们说：“倘若我为了学者或哲学家，将来想去解决本能这个难问题的人而著述，我也为了而且特别为了少年而著述；我想使他们爱那自然史，这就是你们使得他们如此厌恶的；因此，我一面仍旧严密的守着真实，却不用你们那科学的散文，因为那种文章有时似乎是从伊罗瓜族[①]的方言借用来的！”我们固然不能菲薄纯学术的文体，但读了他的诗与科学两相调和的文章，自然不得不更表敬爱之意了。

小孩子没有不爱生物的。幼时玩弄小动物，随后翻阅《花镜》《格致镜原》和《事类赋》等书找寻故事，至今还约略记得。见到这个布罗凡斯（Provence）的科学的诗人的著作，不禁引起旧事，羡慕有这样好书看的别国的少年，也希望中国有人来做这翻译编纂的事业，即使在现在的混乱秽恶之中。

---

① 伊罗瓜族，北美原住民的一个部族。

第三章

阅读是个自由的小世界

读书杂谈

——七月十六日在广州知用中学讲

鲁迅

因为知用中学的先生们希望我来演讲一回，所以今天到这里和诸君相见。不过我也没有什么东西可讲。忽而想到学校是读书的所在，就随便谈谈读书。是我个人的意见，姑且供诸君的参考，其实也算不得什么演讲。

说到读书，似乎是很明白的事，只要拿书来读就是了，但是并不这样简单。至少，就有两种：一是职业的读书，一是嗜好的读书。所谓职业的读书者，譬如学生因为升学，教员因为要讲功课，不翻翻书，就有些危险的就是。我想在坐的诸君之中一定有些这样的经验，有的不喜欢算学，有的不喜欢博物，然而不得不学，否则，不能毕业，不能升学，和将来的生计便有妨碍了。我自已也这样，因为做教员，有时即非看不喜欢看的书不可，要不这样，怕不久便会于饭碗有妨。我们习惯了，一说起读书，就觉得是高尚的事情，其实这样的读书，和木匠的磨斧头，裁缝的理针线并没有什么分别，并不见得高尚，有时还很苦痛，很可怜。你爱做的事，偏不给你做，你不爱做的，倒非做不可。这是由于职业和嗜好不能合一而来的。倘能够大家去做爱做的事，而仍然各有饭吃，那是多么幸福。但现在的社会上还做不到，所以读书的人们的最大部分，大概是勉勉强强的，带着苦痛的为职业的读书。

现在再讲嗜好的读书罢。那是出于自愿，全不勉强，离开了利害关系的。——我想，嗜好的读书，该如爱打牌的一样，天天打，夜夜打，连续的去打，有时被公安局捉去了，放出来之后还是打。诸君要知道真打牌的人的目的并不在赢钱，而在有趣。牌有怎样的有趣呢，我是外行，不大明白。但听得爱赌的人说，它妙在一张一张的摸起来，永远变化无穷。我想，凡嗜好的读书，能够手不释卷的原因也就是这样。他在每一叶每一叶里，都得着深厚的趣味。自然，也可以扩大精神，增加智识的，但这些倒都不计及，一计及，便等于意在赢钱的博徒了，这在博徒之中，也算是下品。

不过我的意思，并非说诸君应该都退了学，去看自己喜欢看的书去，这样的时候还没有到来；也许终不会到，至多，将来可以设法使人们对于非做不可的事发生较多的兴味罢了。我现在是说，爱看书的青年，大可以看看本分以外的书，即课外的书，不要只将课内的书抱住。但请不要误解，我并非说，譬如在国文讲堂上，应该在抽屉里暗看《红楼梦》之类；乃是说，应做的功课已完而有余暇，大可以看看各样的书，即使和本业毫不相干的，也要泛览。譬如学理科的，偏看看文学书，学文学的，偏看看科学书，看看别个在那里研究的，究竟是怎么一回事。这样子，对于别人，别事，可以有更深的了解。现在中国有一个大毛病，就是人们大概以为自己所学的一门是最好，最妙，最要紧的学问，而别的都无用，都不足道的，弄这些不足道的东西的人，将来该当饿死。其实是，世界还没有如此简单，学问都各有用处，要定什么是头等还很难。也幸而有各式各样的人，假如世界上全是文学家，到处所讲的不是“文学的分类”便是“诗之构造”，那倒反而无聊得很了。

不过以上所说的，是附带而得的效果，嗜好的读书，本人自然并不计及那些，就如游公园似的，随随便便去，因为随随便便，所以不吃力，因为不吃力，所以会觉得有趣。如果一本书拿到手，就满心想道，“我在读书了！”“我在用功了！”那就容易疲劳，因而减掉兴味，或者变成苦事了。

我看现在的青年，为兴味的读书的是有的，我也常常遇到各样的询问。此刻就将我所想到的说一点，但是只限于文学方面，因为我不明白其他的。

第一，是往往分不清文学和文章。甚至于已经来动手做批评文章的，也免不了这毛病。其实粗粗的说，这是容易分别的。研究文章的历史或理论的，是文学家，是学者；做做诗，或戏曲小说的，是做文章的人，就是古时候所谓文人，此刻所谓创作家。创作家不妨毫不理会文学史或理论，文学家也不妨做不出一句诗。然而中国社会上还很误解，你做几篇小说，便以为你一定懂得小说概论，做几句新诗，就要你讲诗之原理。我也常见想做小说的青年，先买小说法程和文学史来看。据我看来，是即使将这些书看烂了，和创作也没有什么关系的。

事实上，现在有几个做文章的人，有时也确去做教授。但这是因为中国创作不值钱，养不活自己的缘故。听说美国小名家的一篇中篇小说，时价是二千美金；中国呢，别人我不知道，我自己的短篇寄给大书铺，每篇卖过二十元。当然要寻别的事，例如教书，讲文学。研究是要用理智，要冷静的，而创作须情感，至少总得发点热，于是忽冷忽热，弄得头昏，——这也是职业和嗜好不能合一的苦处。苦倒也罢了，结果还是什么都弄不好。那证据，是试翻世界文学史，那里面的人，几乎没有兼做教授的。

还有一种坏处，是一做教员，未免有顾忌；教授有教授的架子，不能畅所欲言。这或者有人要反驳：那么，你畅所欲言就是了，何必如此小心。然而这是事前的风凉话，一到有事，不知不觉地他也要从众来攻击的。而教授自身，纵使自以为怎样放达，下意识里总不免有架子在。所以在外国，称为“教授小说”的东西倒并不少，但是不大有人说好，至少，是总难免有令人发烦的炫学的地方。

所以我想，研究文学是一件事，做文章又是一件事。

第二，我常被询问：要弄文学，应该看什么书？这实在是一个极难回答的问题。先前也曾有几位先生给青年开过一大篇书目。但从我看来，这是没有什么用处的，因为我觉得那都是开书目的先生自己想要看或者未必想要看的书目。我以为倘要弄旧的呢，倒不如姑且靠着张之洞的《书目答问》去摸门径去。倘是新的，研究文学，则自己先看看各种的小本子，如本间久雄的《新文学概论》，厨川白村的《苦闷的象征》，瓦浪斯基们的《苏俄的文艺论战》之类，然后自己再想想，再博览下去。因为文学的理论不像算学，二二一定得四，所以议论很纷歧。如第三种，便是俄国的两派的争论，——我附带说一句，近来听说连俄国的小说也不大有人看了，似乎一看见“俄”字就吃惊，其实苏俄的新创作何尝有人绍介，此刻译出的几本，都是革命前的作品，作者在那边都已经被看作反革命的了。倘要看看文艺作品呢，则先看几种名家的选本，从中觉得谁的作品自己最爱看，然后再看这一个作者的专集，然后再从文学史上看看他在史上的位置；倘要知道得更详细，就看一两本这人的传记，那便可以大略了解了。如果专是请教别人，则各人的嗜好不同，总是格不相入的。

第三，说几句关于批评的事。现在因为出版物太多了，——其实有什么呢，而读者因为不胜其纷纭，便渴望批评，于是批评家也便应运而起。批评这东西，对于读者，至少对于和这批评家趣旨相近的读者，是有用的。但中国现在，似乎应该暂作别论。往往有人误以为批评家对于创作是操生杀之权，占文坛的最高位的，就忽而变成批评家；他的灵魂上挂了刀。但是怕自己的立论不周密，便主张主观，有时怕自己的观察别人不看重，又主张客观；有时说自己的作文的根底全是同情，有时将校对者骂得一文不值。凡中国的批评文字，我总是越看越胡涂，如果当真，就要无路可走。印度人是早知道的，有一个很普通的比喻。他们说：一个老翁和一个孩子用一匹驴子驮着货物去出卖，货卖去了，孩子骑驴回来，老翁跟着走。但路人责备他了，说是不晓事，叫老年人徒步。他们便换了一个地位，而旁人又说老人忍心；老人忙将孩子抱到鞍鞒上，后来看见的人却说他们残酷；于是都下来，走了不久，可又有人笑他们了，说他们是呆子，空着现成的驴子却不骑。于是老人对孩子叹息道，我们只剩了一个办法了，是我们两人抬着驴子走。无论读，无论做，倘若旁征博访，结果是往往会弄到抬驴子走的。

不过我并非要大家不看批评，不过说看了之后，仍要看看本书，自己思索，自己做主。看别的书也一样，仍要自己思索，自己观察。倘只看书，便变成书橱，即使自己觉得有趣，而那趣味其实是已在逐渐硬化，逐渐死去了。我先前反对青年躲进研究室，也就是这意思，至今有些学者，还将这话算作我的一条罪状哩。

听说英国的培那特萧，有过这样意思的话：世间最不行的是读书者。因为他只能看别人的思想艺术，不用自己。这也就是勖本华尔之所谓脑子里给别人跑马。较好的是思索者。因为能用自己的生活力了，但还不免是空想，所以更好的是观察者，他用自己的眼睛去读世间这一部活书。

这是的确的，实地经验总比看，听，空想确凿。我先前吃过干荔支，罐头荔支，陈年荔支，并且由这些推想过新鲜的好荔支。这回吃过了，和我所猜想的不同，非到广东来吃就永不会知道。但我对于萧的所说，还要加一点骑墙的议论。萧是爱尔兰人，立论也不免有些偏激的。我以为假如从广东乡下找一个没有历练的人，叫他从上海到北京或者什么地方，然后问他观察所得，我恐怕是很有限的，因为他没有练习过观察力。所以要观察，还是先要经过思索和读书。

总之，我的意思是很简单的：我们自动的读书，即嗜好的读书，请教别人是大抵无用，只好先行泛览，然后决择而入于自己所爱的较专的一门或几门；但专读书也有弊病，所以必须和实社会接触，使所读的书活起来。

书

梁实秋

从前的人喜欢夸耀门第，纵不必家世贵显，至少也要是书香人家才能算是相当的门望。书而曰香，盖亦有说。从前的书，所用纸张不外毛边连史之类，加上松烟油墨，天长日久密不通风自然生出一股气味，似沉檀非沉檀，更不是桂馥兰薰，并不沁人脾胃，亦不特别触鼻，无以名之，名之曰书香。书斋门窗紧闭，乍一进去，书香特别浓，以后也就不大觉得。现代的西装书，纸墨不同，好像有一股煤油味，不好说是书香了。

不管香不香，开卷总是有益。所以世界上有那么多有书癖的人，读书种子是不会断绝的。买书就是一乐，旧日北平琉璃厂隆福寺街的书肆最是诱人，你迈进门去向柜台上的伙计点点头便直趋后堂，掌柜的出门迎客，分宾主落座，慢慢的谈生意。不要小觑那位书贾，关于目录版本之学他可能比你精。搜访图书的任务，他代你负担，只要他摸清楚了你的路数，一有所获立刻专人把样函送到府上，合意留下翻看，不合意他拿走，和和气气，书价么，过节再说。在这样情形之下，一个读书人很难不染上“书淫”的毛病，等到四面卷轴盈满，连坐的地方都不容易匀让出来，那时候便可以顾盼自雄，酸溜溜的自叹“丈夫拥书万卷，何假南面百城？”现代我们买书比较方便，但是搜访的乐趣，搜访而偶有收获的快感，都相当的减少了。挤在书肆里浏览图书，本来应该是像牛吃嫩草，不慌不忙的，可是若有店伙计眼睛紧盯着你，生怕你是一名雅贼，你也就不会怎样的从容，还是早些离开这是非之地好些。更有些书不裁毛边，干脆拒绝翻阅。

“郝隆七月七日，出日中仰卧，人问其故，曰：‘我晒书’。”（见《世说新语》）郝先生满腹诗书，晒书和日光浴不妨同时举行。恐怕那时候的书在数量上也比较少，可以装进肚里去。司马温公也是很爱惜书的，他告诫儿子说：“吾每岁以上伏及重阳间视天气晴朗日，即净几案于当日所，侧群书其上以晒其脑。所以年月虽深，从不损动。”书脑即是书的装订之处，翻页之处则曰书口。司马温公看书也有考究，他说：“至于启卷，必先几案洁净，藉以茵褥，然后端坐看之。或欲行看，即承以方版，未曾敢空手捧之，非惟手污渍及，亦虑触动其脑。每至看竟一版，即侧右手大指面衬其沿，随覆以次指面，捻而夹过，故得不至揉熟其纸。每见汝辈多以指爪撮起，甚非吾意。”（见《宋稗类钞》）我们如今的图书不这样名贵，并且装订技术进步，不像宋朝的“蝴蝶装”那样的娇嫩，但是读书人通常还是爱惜他的书，新书到手先裹上一个包皮，要晒，要揩，要保管。我也看见过名副其实的收藏家，爱书爱到根本不去读它的程度，中国书则锦函牙签，外国书则皮面金字，庋置柜橱，满室琳琅，真好像是琅嬛福地，书变成了陈设，古董。

有人说："借书一痴，还书一痴。"有人分得更细："借书一痴，惜书二痴，索书三痴，还书四痴。"大概都是有感于书之有借无还。书也应该深藏若虚，不可慢藏诲盗。最可恼的是全书一套借去一本，久假不归，全书成了残本。明人谢肇淛编《五杂俎》，记载一位"虞参政藏书数万卷，贮之一楼，在池中央，小木为彴，夜则去之。榜其门曰：'楼不延客，书不借人。'"这倒是好办法，可惜一般人难得有此设备。

读书乐，所以有人一卷在手往往废寝忘食。但是也有人一看见书就哈欠连连，以看书为最好的治疗失眠的方法。黄庭坚说："人不读书，则尘俗生其间，照镜则面目可憎，对人则语言无味。"这也要看所读的是些什么书。如果读的尽是一些猥屑的东西，其人如何能有书卷气之可言？宋真宗皇帝的劝学文，实在令人难以入耳："富家不用买良田，书中自有千钟粟。安居不用架高堂，书中自有黄金屋。出门莫恨无人随，书中车马多如簇。娶妻莫恨无良媒，书中自有颜如玉。男儿欲遂平生志，六经勤向窗前读。"不过是把书当作敲门砖以遂平生之志，勤读六经，考场求售而已。十载寒窗，其中只是苦，而且吃尽苦中苦，未必就能进入佳境。倒是英国十九世纪罗斯金，在他的《芝麻与白百合》第一讲里，劝人读书尚友古人，那一番道理不失雅人深致。古圣先贤，成群的名世的作家，一年四季的排起队来立在书架上面等候你来点唤，呼之即来挥之即去。行吟泽畔的屈大夫，一邀就到；饭颗山头的李白、杜甫也会联袂而来；想看外国戏，环球剧院的拿手好戏都随时承接堂会；亚里士多德可以把他逍遥廊下的讲词对你重述一遍。这真是读书乐。

我们国内某一处的人最好赌博，所以讳言书，因为书与输同音，读书曰读胜。基于同一理由，许多地方的赌桌旁边忌人在身后读书。人生如博弈，全副精神去应付，还未必能操胜算。如果沾染上书癖，势必呆头呆脑，变成书呆，这样的人在人生的战场之上怎能不大败亏输？所以我们要钻书窟，也还要从书窟里钻出来。朱晦庵有句：“书册埋头何日了，不如抛却去寻春。”是见道语，也是老实话。

买　书

朱自清

买书也是我的嗜好，和抽烟一样。但这两件事我其实都不在行，尤其是买书。在北平这地方，像我那样买，像我买的那些书，说出来真寒碜死人；不过本文所要说的既非诀窍，也算不得经验，只是些小小的故事，想来也无妨的。

在家乡中学时候，家里每月给零用一元。大部分都报效了一家广益书局，取回些杂志及新书。那老板姓张，有点儿抽肩膀，老是捧着水烟袋；可是人好，我们不觉得他有市侩气。他肯给我们这班孩子记账。每到节下，我总欠他一元多钱。他催得并不怎么紧；向家里商量商量，先还个一元也就成了。那时候最爱读的一本《佛学易解》（贾丰臻著，中华书局印行）就是从张手里买的。那时候不买旧书，因为家里有。只有一回，不知哪儿检来《文心雕龙》的名字，急着想看，便去旧书铺访求：有一家拿出一部广州套版的，要一元钱，买不起；后来另买到一部，书品也还好，纸墨差些，却只花了小洋三角。这部书还在，两三年前给换上了磁青纸的皮儿，却显得配不上。

到北平来上学入了哲学系，还是喜欢找佛学书看。那时候佛经流通处在西城卧佛寺街鹫峰寺。在街口下了车，一直走，快到城根儿了，才看见那个寺。那是个阴沉沉的秋天下午，街上只有我一个人。到寺里买了《因明入正理论疏》《百法明门论疏》《翻译名义集》等。这股傻劲儿回味起来颇有意思；正像那回从天坛出来，挨着城根，独自个儿，探险似的穿过许多没人走的碱地去访陶然亭一样。在毕业的那年，到琉璃厂华洋书庄去，看见新版韦伯斯特大字典，定价才十四元。可是十四元并不容易找。想来想去，只好硬了心肠将结婚时候父亲给做的一件紫毛（猫皮）水獭领大氅亲手拿着，走到后门一家当铺里去，说当十四元钱。柜上人似乎没有什么留难就答应了。这件大氅是布面子，土式样，领子小而毛杂——原是用了两副“马蹄袖”拼凑起来的。父亲给做这件衣服，可很费了点张罗。拿去当的时候，也踌躇了一下，却终于舍不得那本字典。想着将来准赎出来就是了。想不到竟不能赎出来，这是直到现在翻那本字典时常引为遗憾的。

重来北平之后，有一年忽然想搜集一些杜诗。一家小书铺叫文雅堂的给找了不少，都不算贵；那伙计是个麻子，一脸笑，是铺子里少掌柜的。铺子靠他父亲支持，并没有什么好书；去年他父亲死了，他本人不大内行，让伙计吃了，现在长远不来了，他不知怎么样。说起杜诗，有一回，一家书铺送来高丽本《杜律分韵》，两本书，索价三百元。书极不相干而索价如此之高，荒谬之至，况且书面上原购者明明写着“以银二两得之”。第二天另一家送来一样的书，只要二元钱，我立刻买下。北平的书价，离奇有如此者。

旧历正月里厂甸的书摊值得看，有些人天天巡礼去。我住得远，每年只去一个下午——上午摊儿少。土地祠内外人山人海摩肩接踵地来往。也买过些零碎东西，其中有一本是《伦敦竹枝词》，花了三毛钱。买来以后，恰好《论语》要稿子，选抄了些寄去，加上一点说明，居然得着五元稿费。这是仅有的一次，买的书赚了钱。

在伦敦的时候，从寓所出来，走过近旁小街。有一家小书店门口摆着一架旧书。上前去徘徊了一下，看见一本《牛津书话选》（*The Book Lovers' Anthology*），烫花布面，装订不马虎，四百多面，本子也不小，准有七八成新，才一先令六便士，那时合中国一元三毛钱，比东安市场旧洋书还贱些。这选本节录许多名家诗文，说到书的各方面的；性质有点像叶德辉氏《书林清话》，但不像《清话》有系统；他们旨趣原是两样的。因为买这本书，结识了那掌柜的；他以后给我找了不少便宜的旧书。有一种书，他找不到旧的，便和我说，他们批购新书按七五扣，他愿意少赚一扣，按九扣卖给我。我没有要他这么办，但是很感谢他的好意。

读书是最对得起付出的一件事

梁晓声

我很幸运，我的外祖父喜欢读书，为母亲读了很多唱本，所以，虽然母亲是文盲，但能给我讲故事。到少年时期，我认识了一些字，看小人书、连环画。那个年代，小人书铺的店主会把每本新书的书皮扯下来，像穿糖葫芦一样穿成一串，然后编上号、挂在墙上，供读者选择。由于囊中羞涩，你要培养起一种能力——看书皮儿，了解这本书讲的故事是中国的还是外国的，是古代的还是当代的，从而作出判断，决定究竟要不要花两分钱来读它。

小学四五年级，我开始看文学类书籍。从1949年到

1966年我上中学期间，全国出版的比较著名的长篇小说也就二十几部，另外还有一些翻译的外国小说，加在一起不会超过五六十部。我差不多在那个时期把这些书都读完了，下乡之后就成了一个心中有故事的人。

从听故事、看小人书到读名著，可以说这是一脉相承的——没有听过故事的人很难对小人书发生兴趣，长大以后自然也不会爱读书。可见，家庭环境对培养子女阅读习惯有多重要！

好人是个什么概念？好人是天生的吗？我想，有一部分是跟基因有关的，就像我们常说的“善根”。但是，大多数人后天是要变化的，正如《三字经》所讲的“人之初，性本善，性相近，习相远”。当年，我们拿起的任何一本书，有个最基本的命题，就是善，或者说人道主义。我们读书时，会对书中的正面人物产生敬意，继而以其为榜样，他们怎么做，我们也会学着做。学的多了，也就自然而然地走上了这条路。可以得出一个结论：一个人读了很多好书，他很可能是个好人。我实实在在地感受到了书籍对自己的改变，在“底色”的层面影响了我。因此，我对书籍的感激超越常人。

在互联网时代，我们看到很多暴力、色情等不良内容。这是网络文化产生以后，全世界所面临的共同性问题。但是，我们也必须看到一点，外国人很快就从这个泡沫中摆脱出来了——他们过了一把瘾，明白电脑和手机只不过是工具，没营养的内容很浪费时间；而且，这些不良内容就像无形的绳子，套住你品位使劲往下拽，往往还是“下无止境”的。如果我们的亲人和朋友们也成了这种低俗文化娱乐的爱好者，你也会感到悲哀。

咱们的电视节目跟五六年前相比已经发生了变化——不仅仅以“逗乐”为唯一目的了，加进了友情、亲情的温暖和对是非对错的判断。这些正面的社会价值观开始不断进入我们的视野。当然，节目本身的品质也是重点。要相信，我们的大多数创作者会逐渐体会到：不应该只停留在“逗乐”的层次上。至于网络上的不良内容和受众人群，我感到遗憾——有那么多好的书、好的文章给读者带来各种美好的可能性，你为什么偏要往那么低下的方向走呢？娱乐也是需要体面的。看一本《金瓶梅》说明不了什么，但如果只找这类书和片段来看就有问题了。这样做人不就毁了吗？在当代社会，这样的人已经和那些文字垃圾变成同一堆了。现在，有些青年就愿意沉浸在那样的泡沫里，那就不要抱怨你的人生没有希望。

个人有没有文化自信？当然有。在日常生活中，我就经常看到许多人处于自卑的状态，哪怕他们成了有钱人，当了官，一谈到文化，他们就不自信了。而我也接触过一些普通人，他在文化上是自信的，可以和任何人平等地谈某一段历史、某一个话题。书和人的关系就在这儿——在教育资源、社会资源等方面，你无法跟那些出身于上层社会富裕家庭的孩子相比；但在读书这件事上，你们是平等的。无论你端盘子、开饭馆，或是工厂里的普通工人，那么多的好书就摆在那供你选择。与其怨天尤人——我没有一个好爸爸、好家庭，连朋友都在同样层面——不如看看眼前这条路，路上铺满了书。

读书是最对得起付出的一件事，你多读一本好书，就会对你产生影响。实际上，除了书籍，没有其他的方式能够使普通青年朝向学者、作家这条路走过去。只要你曾经花过十年或者更多的时间去读好书，无论做什么，都有自信。

我们年轻时手头很紧，花八角钱买一本书也会犹豫。现在的经济条件好了太多，一本书即便是四五十元，也不过就是一场电影票的钱，年轻人却不愿意读书了。现在，中国人口已经超过十四亿，而我们的读书人口比例的世界排名却是很靠后的，和发达国家的差距很大。在地铁上，满眼望去，在一万个人里可能都挑不到一个有读书习惯的人。在现实生活中，从一个人的言行中就能看到他们的父母与家庭，以及更深层次的文化背景。那些只顾着“追星”的“追星族”还能活到什么高度？其实，我这么说的时候，包含着一种心疼。

无书的日子

冯骥才

你外出旅行，在某个僻远的小镇住进一家小店，赶上天阴落雨，这该死的连绵的雨把你闷在屋里。你拉开提包锁链，呀，糟糕至极！竟然把该带在身边的一本书忘在家里——这是每一个出外的人经常会碰到的遗憾。你怎么办？身在他乡，陌生无友，手中无书，面对雨窗孤坐，那是何等滋味？我嘛，嘿，我自有我的办法！

道出这办法之前，先要说这办法的由来。

我家在“文革”初被洗劫一空。藏书千余，听凭革命造反派们撕之毁之，付之一炬。抄家过后，收拾破破烂烂的家具杂物时，把残书和哪怕是零零散散的书页都万分珍惜地敛起来，整理、缝订，破口处全用玻璃纸粘好；完整者寥寥，残篇散页却有一大包袱。逢到苦闷寂寞之时，便拿出来读。读书如听音乐，一进入即换一番天地。时入蛮荒远古，时入异国异俗，时入霞光夕照，时入人间百味。一时间，自身的烦扰困顿乃至四周的破门败墙全都化为乌有，书中世界与心中世界融为一体——人物的苦恼赶走自己的苦恼，故事的紧张替代现实的紧张，即便忧伤郁悒之情也换了一种。艺术把一切都审美化，丑也是一种美，在艺术中审丑也是审美，也是享受。

但是，我从未把书当作伴我消度时光的闲友，而把它们认定是充实和加深我的真正伙伴。你读书，尤其是那些名著，就是和人类历史上最杰出的先贤智者相交！这些先贤智者著书或是为了寻求别人理解，或是为了探求人生的途径与处世的真理。不论他们的箴言沟通于你的人生经验，他们聪慧的感受触发你的悟性，还是他们天才的思想顿时把你蒙昧混沌的头颅透彻照亮——你的脑袋仿佛忽然变成一只通电发亮的灯——他们不是你最宝贵的精神朋友吗？

半本《约翰 · 克利斯朵夫》几乎叫我看烂，散页的中外诗词全都烂熟于我心中。然而，读这些无头无尾的残书倒别有一种体味，就像面对残断胳膊的维纳斯时，你不知不觉会用你自己最美的想象去安装它。书中某一个人物的命运由于缺篇少章不知后果，我并不觉得别扭，反而用自己的想象去发展它，完成它。我按照自己的意志为它们设想出必然的命运变化和结局。我感到自己就像命运之神那样安排着一个个生命有意味的命运历程。当时，我的命运虽然被别人掌控，我却掌握着另一些“人物”的命运；前者痛苦，后者幸福。

往往我给一个人物设计出几种结局，小说中人物的结局才是人物的完成。当然我不知道这些人物在原书中的结局是什么，我就把自己这些续篇分别讲给不同朋友听。凡是某一种结局感动了朋友，我就认定原作一定是这样，好像我这才是真本，听故事的朋友们自然也就深信不疑。

“文革”后，书都重新出版了。常有朋友对我说：“你讲的那本书最近我读了，那人物根本没死，结尾也不是你讲的那样……”他们来找我“算账”；不过也有的朋友望着我笑而不答的脸说：“不过，你那样结束也不错……”

当初，续编这些残书未了的故事，我干得挺来劲儿，因为在续编中，我不知不觉使用了自己的人生经验，调动出我生活中最生动、独特和珍贵的细节，发挥了我的艺术想象，而享受自己的想象才是最醉心的，这是艺术创造者们所独有的一种感受。后来，又是不知不觉，我脱开别人的故事轨道，自己奔跑起来。世界上最可爱的是纸，偏偏纸多得无穷无尽，它们是文学挥洒的无边无际的天地。我开始把一张张洁白无瑕的纸铺在桌上，写下心中藏不住的、唯我独有的故事。

写书比读书幸福得多。

读书是欣赏别人，写书是挖掘自己；读书是接受别人的沐浴，写书是一种自我净化。一个人的两只眼用来看别人，但还需要一只眼对向自己，时常审视深藏自身中的灵魂，在你挑剔世界的同时还要同样地挑剔自己。写作能使你愈来愈公正、愈严格、愈开阔、愈善良。你受益于文学首先是这样的自我更新和灵魂再造，否则你从哪里获得文学所必需的真诚？

读书是享用别人的创造成果，写书是自己创造出来供给他人享用。文学的本质是从无到有；文学毫不宽容地排斥仿造，人物、题材、形式、方法，哪怕别人甚至自己使用过的一个巧妙的比喻也不容在你笔下再次出现。当他所有的细胞都是新生的，才能说你创造了一个新生命。于是你为这世界提供一个有认识价值并充满魅力的新人物，他不曾在人间真正活过一天，却有名有姓有血有肉，并在许许多多读者心底深刻并形象地存在着；一些人从他身上发现身边的人，一些人从他个性中发现自己；人们从中印证自己，反省过失，寻求教训，发现生存价值和生活真谛……还有，世界上一切事物在你的创作中，都带着光泽、带着声音、带着生命的气息和你的情感而再现，而这所有一切又都是在你两三尺小小书桌上诞生的，写书是多么令人迷醉的事情啊！

在那无书的日子里，我是被迫却又心甘情愿地走到这条道路上去的，这便是写书。

无书而写书。失而复得，生活总是叫你失掉的少，获得的多。

嘿嘿，这就是我要说的了——

每当旅行在外，手边无书，我就找几张纸铺展在桌。哪怕一连下上半个月的雨，我照旧充满活力、眼光发亮、有声有色地待在屋中。我可不是拿写书当作一种消遣，我在做上帝做过的事：创造生命。

我最喜爱的书

季羡林

我在下面介绍的只限于中国文学作品。外国文学作品不在其中。我的专业书籍也不包括在里面，因为太冷僻。

一　司马迁《史记》

《史记》这一部书，很多人都认为它既是一部伟大的史籍，又是一部伟大的文学作品。我个人同意这个看法。平常所称的《二十四史》中，尽管水平参差不齐，但是哪一部也不能望《史记》之项背。

《史记》之所以能达到这个水平，司马迁的天才当然是重要原因；但是他的遭遇起的作用似乎更大。他无端受了宫刑，以致郁闷激愤之情溢满胸中，发而为文，句句皆带悲愤。他在《报任少卿书》中已有充分的表露。

二 《世说新语》

这不是一部史书，也不是某一个文学家和诗人的总集，而只是一部由许多颇短的小故事编纂而成的奇书。有些篇只有短短几句话，连小故事也算不上。每一篇几乎都有几句或一句隽语，表面简单淳朴，内容却深奥异常，令人回味无穷。六朝和稍前的一个时期内，社会动乱，出了许多看来脾气相当古怪的人物，外似放诞，内实怀忧。他们的举动与常人不同。此书记录了他们的言行，短短几句话，而栩栩如生，令人难忘。

三　陶渊明的诗

有人称陶渊明为“田园诗人”。笼统言之，这个称号是恰当的。他的诗确实与田园有关。“采菊东篱下，悠然见南山”，这样的名句几乎是家喻户晓的。从思想内容上来看，陶渊明颇近道家，中心是纯任自然。从文体上来看，他的诗简易淳朴，毫无雕饰，与当时流行的镂金错彩的骈文，迥异其趣。因此，在当时以及以后的一段时间内，对他的诗的评价并不高，在《诗品》中，仅列为中品。但是，时间越后，评价越高，最终成为中国伟大诗人之一。

四　李白的诗

李白是中国文学史上最伟大的天才之一，这一点是谁都承认的。杜甫对他的诗给予了最高的评价：“白也诗无敌，飘然思不群。清新庾开府，俊逸鲍参军。”李白的诗风飘逸豪放。根据我个人的感受，读他的诗，只要一开始，你就很难停住，必须读下去。原因我认为是，李白的诗一气流转，这一股“气”不可抗御，让你非把诗读完不行。这在别的诗人作品中，是很难遇到的现象。在唐代，以及以后的一千多年中，对李白的诗几乎只有赞誉，而无批评。

五　杜甫的诗

杜甫也是一个伟大的诗人，千余年来，李杜并称。但是二人的创作风格却迥乎不同：李是飘逸豪放，而杜则是沉郁顿挫。从使用的格律上，也可以看出二人的不同。七律在李白集中比较少见，而在杜集中则颇多。摆脱七律的束缚，李白是没有枷锁跳舞；杜甫善于使用七律，则是戴着枷锁跳舞，二人的舞都达到了极高的水平。在文学批评史上，杜甫颇受到一些人的指摘，而对李白则是绝无仅有。

六　南唐后主李煜的词

后主词传留下来的仅有三十多首，可分为前后两期：前期仍在江南当小皇帝，后期则已降宋。后期词不多，但是篇篇都是杰作，纯用白描，不作雕饰，一个典故也不用，话几乎都是平常的白话，老妪能解；然而意境却哀婉凄凉，千百年来打动了千百万人的心。在词史上巍然成一大家，受到了文艺批评家的赞赏。但是，对王国维在《人间词话》中赞美后主有佛祖的胸怀，我却至今尚不能解。

七　苏轼的诗文词

中国古代赞誉文人有三绝之说。三绝者，诗、书、画三个方面皆能达到极高水平之谓也。苏轼至少可以说已达到了五绝：诗、书、画、文、词。因此，我们可以说，苏轼是中国文学史和艺术史上的最全面的伟大天才。论诗，他为宋代一大家。论文，他是唐宋八大家之一。笔墨凝重，大气磅礴。论书，他是宋代苏、黄、宋、蔡四大家之首。论词，他摆脱了婉约派的传统，创豪放派，与辛弃疾并称。

八　纳兰性德的词

宋代以后，中国词的创作到了清代又掀起了一个新的高潮。名家辈出，风格不同，又都能各极其妙，实属难能可贵。在这群灿若明星的词家中，我独独喜爱纳兰性德。他是大学士明珠的儿子，生长于荣华富贵中，然而却胸怀愁思，流溢于楮墨之间。这一点我至今还难以得到满意的解释。从艺术性方面来看，他的词可以说是已经达到了完美的境界。

九　吴敬梓的《儒林外史》

胡适之先生给予《儒林外史》极高的评价。诗人冯至也酷爱此书。我自己也是极为喜爱《儒林外史》的。

此书的思想内容是反科举制度，昭然可见，用不着细说。它的特点在艺术性上。吴敬梓惜墨如金，从不作冗长的描述。书中人物众多，各有特性，作者只讲一个小故事，或用短短几句话，活脱脱一个人就仿佛站在我们眼前，栩栩如生。这种特技极为罕见。

十　曹雪芹的《红楼梦》

在古今中外众多的长篇小说中，《红楼梦》是一颗璀璨的明珠，是状元。中国其他长篇小说都没能成为“学”，而“红学”则是显学。内容描述的是一个大家族的衰微的过程。本书特异之处也在它的艺术性上。书中人物众多，男女老幼、主子奴才、五行八作，应有尽有。作者有时只用寥寥数语而人物就活灵活现，让读者永远难忘。读这样一部书，主要是欣赏它的高超的艺术手法。那些把它政治化的无稽之谈，都是不可取的。

儿童的书

周作人

美国斯喀德（Scudder）在《学校里的儿童文学》一篇文里曾说，“大多数的儿童经过了小学时期，完全不曾和文学接触。他们学会念书，但没有东西读。他们不曾知道应该读什么书。”凡被强迫念那书贾所编的教科书的儿童，大都免不掉这个不幸，但外国究竟要比中国较好，因为他们还有给儿童的书，中国则一点没有，即使儿童要读也找不到。

据我自己的经验讲来，我幼时念的是“圣贤之书”，却也完全不曾和文学接触，正和念过一套书店的教科书的人一样。后来因为别的机缘，发见在那些念过的东西以外还有可看的书，实在是偶然的幸运。因为念那圣贤之书，到十四岁时才看得懂“白话浅文”，虽然也看《纲鉴易知录》当日课的一部分，但最喜欢的却是《镜花缘》。此外也当然爱看绣像书，只是绣的太呆板了，所以由《三国志演义》的绘图转到《尔雅图》和《诗中画》一类那里去了。中国向来以为儿童只应该念那经书的，以外并不给预备一点东西，让他们自己去挣扎，止那精神上的饥饿；机会好一点的，偶然从文字堆中——正如在秽土堆中捡煤核的一样——掘出一点什么来，聊以充腹，实在是很可怜的。这儿童所需要的是什么呢？我从经验上代答一句，便是故事与画本。

二十余年后的今日，教育文艺比那时发达得多了，但这个要求曾否满足，有多少适宜的儿童的书了吗？我们先看画本罢。美术界的一方面因为情形不熟，姑且不说绘画的成绩如何，只就儿童用的画本的范围而言，我可以说不曾见到一本略好的书。不必说克路轩克（Cruikshank）

或比利平（Bilibin）等人的作品，就是如竹久梦二的那些插画也难得遇见。中国现在的画，失了古人的神韵，又并没有新的技工，我见许多杂志及教科书上的图都不合情理，如阶石倾邪，或者母亲送四个小孩去上学，却是一样的大小。这样日常生活的景物还画不好，更不必说纯凭想象的童话绘了，——然这童话绘却正是儿童画本的中心，我至今还很喜欢看鲁滨孙等人的奇妙插画，觉得比历史绘画更为有趣。但在中国却一册也找不到。幸而中国没有买画本给小儿做生日或过节的风气，否则真是使人十分为难了。儿童所喜欢的大抵是线画，中国那种的写意画法不很适宜，所以即使往古美术里去找也得不到什么东西，偶然有些织女钟馗等画略有趣味，也稍缺少变化；如焦秉贞的《耕织图》却颇适用，把他翻印出来，可以供少年男女翻阅。

儿童的歌谣故事书，在量上是很多了，但在质上未免还是疑问。我以前曾说过，“大抵在儿童文学上有两种方向不同的错误：一是太教育的，即偏于教训；一是太艺术的，即偏于玄美：教育家的主张多属于前者，诗人多属于后者。其实两者都不对，因为他们不承认儿童的世界”。中国现在的倾向自然多属于前派，因为诗人还不曾着手于这项事业。向来中国教育重在所谓经济，后来又中了实用主义的毒，对儿童讲一句话，眨一眨眼，都非含有意义不可，到了现在这种势力依然存在，有许多人还把儿童故事当作法句譬喻看待。我们看那《伊索寓言》后面的格言，已经觉得多事，更何必去模仿他。其实艺术里未尝不可寓意，不过须得如做果汁冰酪一样，要把果子味混透在酪里，决不可只把一块果子皮放在上面就算了事。但是这种作品在儿童文学里，据我想来本来还不能算是最上乘，因为我觉得最有趣的是有那无意思之意思的作品。安徒生的《丑小鸭》，大家承认他是一篇佳作，但《小伊达的花》似乎更佳；这并不因为他讲花的跳舞会，灌输泛神的思想，实在是因他那非教训的无意思，空灵的幻想与快活的嬉笑，比那些老成的文字更与儿童的世界接近了。我说无意思之意思，因为这无意思原自有他的作用，儿童空想正旺盛的时候，能够得到他们的要求，让他们愉快的活动，这便是最大的实益，至于其余观察记忆，言语练习等好处即使不说也罢。总之儿童的文学只是儿童本位的，此外更没有什么标准。中国还未曾发见了儿童，——其实连个人与女子也还未发见，所以真的为儿童的文学也自然没有，虽市场上摊着不少的卖给儿童的书本。

艺术是人人的需要，没有什么阶级性别等等差异。我们不能指定这是工人的，那是女子所专有的文艺，更不应说这是为某种人而作的；但我相信有一个例外，便是“为儿童的”。儿童同成人一样的需要文艺，而自己不能造作，不得不要求成人的供给。古代流传下来的神话传说，现代野蛮民族里以及乡民及小儿社会里通行的歌谣故事，都是很好的材料，但是这些材料还不能就成为“儿童的书”，须得加以编订才能适用。这是现在很切要的事业，也是值得努力的工作。凡是对儿童有爱与理解的人都可以着手去做，但在特别富于这种性质而且少有个人的野心之女子们我觉得最为适宜，本于温柔的母性，加上学理的知识与艺术的修养，便能比男子更为胜任。我固然尊重人家的创作，但如见到一本为儿童的美的画本或故事书，我觉得不但尊重而且喜欢，至少也把它看得同创作一样的可贵。

小说与社会

沈从文

我们时常都可以听到人说："俺，没有事情作，看小说。""放了假怎么消遣？看小说吧。"事实上，坐柜台生意不忙的店员，办公室无事可作的公务员，甚至于厂长、委员，不走运的牙医，脾气大的女护士，尽管生活不同，身份不同，可是他们将不约而同，用看小说来耗费多余生命，且从小说所表现的人事哀乐中取得快乐和教育。即试从家中五十岁左右认识字的老妈妈和十岁以上的小学生，注意注意他们对小说故事的发迷，也可证明我的"从小说取得快乐和教育"是件如何普遍而平常的事情。

许多家长对孩子读书成绩不满意，就常向人说："这孩子一点不用功．看小说发了迷。"其实小说也是书，何尝只有小孩发迷？我知道有四个大人，就可称为"小说迷"，不过和小孩子发迷的情形稍稍不同。第一个是弄社会科学的李达先生，和家中孩子们争看《江湖奇侠传》时，看到第十三集还不肯歇手。第二个是弄哲学的金岳霖先生，读侦探小说最多，要他谈"侦探小说史"，一定比别的外文系教授还当行。还有一个中央研究院梁思永先生，是发掘安阳殷墟古物的专家（照他自己说应当是挖坟专家，因为他挖过殷商帝王名臣坟墓到一千三百座），可是除专行以外，他最熟悉的就是现代中国小说。他不仅读得多，而且对作品优劣批评得异常中肯。更有一个一般人全猜不着的小说通，即主持军事航空的周军柔先生，他不仅把教"现代小说"的人所重视的书都欣赏到，此外近三十年来的旧章回小说，也大多数被他欣赏到了，对这些作品内容得失提出的意见，恐怕不是目下三脚猫教授能答复的。从这些例子看看，我们即不能说"小说的价值如何大"，至少得承认“小说的作用实在大”。因为它们不仅有时使家中孩子发迷，也可使国内第一流专家分点心！

从前人笔记小说上谈小说作用，最有趣味的是邹弢《三借庐笔谈》，记苏州人金某读《红楼梦》事。这个人读发了迷，于是就在家中设了个林黛玉的木牌位，每天必恭恭敬敬祭一祭。读到绝粒焚稿时，代书中多情薄命才女伤心，自己就不吃饭，哭得不成个样子。久而久之，这人自然发了疯，后来悄悄出门去访“潇湘妃子”，害得家中人着了急，寻找了几个月才找回。又陈其元《庸闲斋笔记》，记杭州某商人有个女儿，生得明艳动人，又会作诗，因爱好《红楼梦》，致成痨病。病情沉重快要死去时，父母又伤心又生气，就把女儿枕边的那几本书，一起抛到火炉里烧去。那个多情女子却哭着说，“怎么杀死我的宝玉？”书一焚，她也就死去了。这些人这些事不仅从前有过，现在说不定还有很多。读了《红楼梦》，称宝玉作“真情人”而倾心拜倒的，实大有其人。又或稍能笔墨，间常害点小病，就自以为是黛玉的，也大有其人。古人所不同处，只是苏州那个姓金的，爱恋的是书中美人，杭州那个老板姑娘，爱恋的是书中才子，现今的先生小姐，却自己影射自己是宝玉黛玉，爱恋的是他自己罢了。

我们讨论小说的价值以前，先得承认它的作用。这因论数量，小说数量特别多，内容好坏不一致，然而“能引起作用”倒差不多。论影响，小说流行相当久，范围特别广，即从《三国演义》来说，遍中国的关帝庙，庙中那位黑脸毛胡子周仓，周仓肩上扛的那把青龙偃月刀，都是从这个小说来的。下层社会帮会的合作，同盟时相约“祸福同当”，以及此后的分财分利，也似乎必援引《桃园结义》故事。可见得同一小说，它的作用便不尽相同。姚元之《竹叶亭杂记》，说雍正时一个大官保荐人才，在奏文中引用小说里孔明不识马谡故事，使皇帝生了气，认为不合，就打了那个官四十大板，并枷号示众。然而陈康祺的《燕下乡脞录》，却说顺治七年大学士达海、范文程等，把《三国演义》译成了满洲文，蒙赏鞍马银币。满洲武将额勒登保的战功，据说就是得力于这个翻译小说的（比较时间略前，明末忠臣李定国，也是受《三国演义》影响，而由贼做官，终于慷慨殉国）。

所以从小说“作用”谈“价值”，我们便可以明白同样一个作品，给读者可好可坏。有时又因为读者注意点不同，作品价值即随之而变。《红楼梦》《水浒传》，卫道老先生认为它诲淫诲盗，家中的大少爷二小姐和管厨房的李四，说不定反用它当作随身法宝，倘若另外来个社会学家费孝通先生，他把书仔细读过后，却会说“这简直是几百年来中国最真实有用的社会史料”！

又从作者那方面来看“价值”，也很有意思。读过《笑林广记》的人，决不能说这本书有什么价值。可是这类书最先一部，名为《笑林》，却相传是魏文帝曹丕作的（这算是皇帝作的唯一小说！即不是他做的，也是留在这个皇帝身边说笑话的邯郸淳做的）。孔子好像是个和小说和笑话不能发生关系的人了，然而千年后的人，对孔子保留一个印象，比较活泼生动的，并不是他读《易》时韦编三绝、铁挝三折，倒是个并不真实带点谐谑的故事，即韩婴的《韩诗外传》上，载孔子与子贡南游阿谷之隧，见一个女了“佩瑱而浣”，因此派子贡去和女子谈话那个故事。这又可见写一个历史上庄严重要人物，笔下庄严亦未必即能成功，或从别的方法上表现，反而因之传世。表现得失既随事随人而定，它的价值也就不容易确定了。从这里我们可以明白涉及小说的社会问题，是个多么复杂的问题。同是用一组文字处理人事，可作成的只是些琐琐碎碎的记录，增加鬼神迷信妨碍社会进步的东西，也可保留许多人类向上的理想和人生优美高尚的感情。大约就因为它与社会关系太复杂又太密切，所以从一本书的作用上讨论到价值时，意见照例难于一致。我们试从近三十年中国这方面的发展看看，可见它和社会如何相互影响。明白过去，或可保留一点希望于未来。

民国初元，社会对于“小说”的关系，可从三方面见出：一是旧小说的流行，二是新章回小说的兴起，三是更新一派对于小说的社会意义与价值重估。

当时旧小说的流行，应当数《水浒》《三国》《西游》《封神》《说唐》《小五义》《儿女英雄传》《镜花缘》《绿野仙踪》《野叟曝言》《情史》《红楼梦》《聊斋志异》《今古奇观》……书虽同时流行，实在各有读者。前一部分多普通人阅读。有些人熟习故事，还是从看戏听书间接来的。就中读《三国》《水浒》，可满足人英雄崇拜的愉快；读《西游》《镜花缘》，可得到荒唐与幽默综合的快乐；读《封神榜》，照规矩必然得洗洗手，为的是与当时鬼神迷信习惯相结合。后一部分多书生和闺阁仕女阅读。有的人从书中发现情人，有的人从书中得到知己。《聊斋志异》尤为人爱读，为的是当故事说即容易动听，就中《青凤》《娇娜》《黄英》《婴宁》这类狐鬼美人，更与自作多情孤单寂寞的穷书生恋爱愿望相称。《今古奇观》中的《金玉奴棒打薄情郎》《卖油郎独占花魁》，故事说给妓女和小商人听时，很可能会赢得他们许多眼泪，并增加他们许多幻想！

至于新章回小说的兴起，是与报纸杂志大有关系的。如《九尾龟》《官场现形记》《海上繁华梦》《孽海花》

《留东外史》《玉梨魂》……这些作品多因附于报纸上刊载，得到广大的注意，（那时上海申、新二报是国内任何一省都有订户的！）它的特点是渐趋于一致的社会性。故事是当前的，注重在写人写事。或嘲笑北京官场，或描写上海洋场，或记载晚清名士美人掌故，或记载留日学生舍命恋爱，或继续传统才子佳人悲欢离合情节，如苏曼殊、徐枕亚等人作品，就名为“香艳小说”，它的时间短，分布少，当然不如旧小说普遍，然而它的影响可不小！因为北京的腐败，上海的时髦，以及新式人物的生活和白面书生的恋爱观，都是由这类小说介绍深印于国内读者脑中的。作品既暴露了些社会弱点，对革命进行自然即有大作用。然而当时有一部分作家，已起始借用它作“讹诈老板”或“阿谀妓伶”工具，所以社会对小说作家就保留个“才子流氓”印象，作品的价值随之而减少。这件事，间接刺激了新文学的兴起，且直接制定了章回小说的死命。

至于更新一派的人把小说社会价值重估，是配合维新思想而来的。吴稚晖先生为提倡科学教育，来写《上下古今谈》。林琴南先生大规模译欧洲小说，每每在叙言上讨论到小说与德育问题。梁启超先生更认为小说对国民影响大，作用深，主张小说在文学上应当有个较新的看法，值得来好好设计，好好发展培养它。林译小说的普遍流行，在读者印象中更能接受那个新观念，即“从文学中取得人生教育”。虽然这个新观念未能增加当时读者对小说的选择力，因为和林译小说同时流行的小说，就是《福尔摩斯探案集》。然而一个更新的文学运动，却已酝酿到这个新读者群中，到民八[1]即得发展机会。新文学是从这个观念加以修正，并得到语体文自由运用的便利，方有今日成就的。

到现在来说小说和社会，有好些情形自然都不同了，第一是旧小说除了几部较重要的还有因为重新印行重新分配得到读者，其余或因为流行数量越来越少，或因为和读者环境生活不合，不仅老先生所担心的诲淫诲盗小说

---

① 即民国八年，是为1919年。

作用已不大，就是维新派担心的鬼狐迷信与海上黑幕小说[1]，也不能有多大的作用了。一般印象虽好像还把小说当消遣品，小说作家和作品在受过初级教育以上的年青人方面，却已具有“先知”“经典”意味。大学校已把它当作一种研究课目，可作各种讨论。国立图书馆更有个小说部门，收藏很多书籍，国家准备奖金，且给作品一种学术上的敬视，把它和纯数学以及史学等并列。国家在另一方面，为扶持它，培养它，每年还花去不少钱。国内出版业在这方面投资的，数目更极可观。一个有成就的作家，所能引起读者给予的敬意和同情，若从过去历史追溯，竟可说是空前的！就拿来和当前社会上一般事业成功比较，也可以说是无与比肩的！

说到这一点时，我们自然也还得另外知道些事情，我意思是把那个缺点提一提，因为缺点是随同习惯而来，还

① 黑幕小说，近代小说流派，约在1915至1918年间盛行于上海，以揭人隐私、记录社会丑恶现象为主。

需要从讨论上弄明白，可想法补救的。譬如说，过去十年新文学运动和政治关系太密切，在政治上不稳定时．就得牺牲些有希望的作家。又有些虽还好好地活着，因为“思想不同”，就受限制不能好好地写他的作品发表。又有些因为无从在比较自由情形下工作，索性放下原有工作去弄政治，这个作风又照例是能增加纠纷而无助于文学发展的。这实在是我们国家的损失，值得有心人重视。其次是文学运动过去和商业关系不大好，立法上保障不生作用，因此国内最知名作家，他的作品尽管有一百万本流行，繁荣了那个新出版业，作者本人居多是无所得的。直到如今，能靠出版税收入过日子的小说作家，不会过三五位。冰心或茅盾，老舍或丁玲，即或能有点收入，一定都不多。因此作家纵努力十年，对国家社会有极大贡献，社会对他实在还说不上什么实际贡献。他得做别的事才能养家活口。所以有些作家到末了只好搁下创作，另寻生活，或教书经商，或做官办党，似乎反而容易对付。有些人诚实而固执，缺少变通，还梦想用一支笔来奋斗，到末了也就只好在穷小病中死去，倒下完事。这自然更是国家的损失！一个进步的国家，照理不应当有这种现象的。（因为这纵不是负责方面的罪过，至少也是可负疚的羞耻！）关于这一点，我们实在需要出版业方面道德的提高，和国家在立法上有个保障，方能望得到转机，单是目前的种种办法，还是不够的！从商业观点来看一本好书，也许不过是它能增加一笔收入，别无更深的意义，标准就不会高。至于从国家观点看来，一本好书实值得由国家来代为出版，代为分配。照目前中国情形，一本好书印行十万到五十万本，总有办法可分配的！国家来做这件事，等于向全国中优秀脑子和高尚情感投资，它的用意是尊重这种脑子并推广这种情感。即或麻烦一点，但比别的设计究竟简单得多，而且切于实际得多！作者若能从这个正当方式上得到应得的版税，国家就用不着在这问题上花钱费心了。

这种种合理的打算，最近自然无从实现。但这对于一个有自尊心和自信心的作者说来，还是不会灰心的。就因为他的工作物质上即无所得，还有个散处于国内的五十万一百万读者，精神上是相通的。尽管有许多读者是照我先前说的“无事可作，消遣消遣”，可是一本好书到了他的手中后，也许过不久他就被征服了。何况近二十年来的习惯，比我们更年青一辈的国民，凡是受中等教育的，都乐意从一部小说接受作者的热诚健康人生观，好作品能引起良好作用，实在显明不过。我们虽需要国家对于文学作用有更深刻的认识，同时还更需要文学作家自己也能认识自己，尊重自己，不要把“思想”完全依赖在政治上，不要把“出路”完全寄托在收入上。若想到真理和热情是可传递的，这个工作成就，实包含了历史价值和经典意义，他就会相信明日的发展，前途为如何远大。环境即再困难，也必然不以为意了！

第四章

读书有其乐，亦有其法

我的读书经验

蔡元培

我自十余岁起，就开始读书；读到现在，将满六十岁了；中间除大病或其他特别原因外，几乎没有一日不读点书的。然而我没有什么成就，这是读书不得法的缘故。我把不得法的概略写出来，可以作前车之鉴。

我的不得法第一是不能专心：我初读书的时候，读的都是旧书，不外乎考据、词章两类。我的嗜好，在考据方面，是偏于训诂及哲理的，对于典章名物，是不大耐烦的；在词章上，是偏于散文的，对于骈文及诗词，是不大热心的。然而以一物不知为耻，种种都读；并且算学书也读，医学书也读，都没有读通。所以我曾经想编一部《说文声系义证》，又想编一本《公羊春秋大义》，都没有成书。所为文辞，不但骈文诗词，没有一首可存的，就是散文也太平凡了。到了四十岁以后我开始学德文，后来又学法文，我都没有好好做那记生字、练文法的苦工，而就是生吞活剥地看书，所以至今不能写一篇合格的文章，作一回短期的演说。在德国进大学听讲以后，哲学史、文学史、文明史、心理学、美学、美术史、民族学统统去听，那时候这几类的参考书，也就乱读起来了。后来虽勉自收缩，以美学与美术史为主，辅以民族学；然而他类的书终不能割爱，所以想译一本美学，想编一部比较的民族学，也都没有成书。

我的不得法，第二是不能勤笔：我的读书，本来抱一种利己主义，就是书里面的短处，我不大去搜寻它，我只注意于我所认为有用的或可爱的材料。这本来不算坏，但是我的坏处，就是我虽读的时候注意于这几点，但往往为速读起见，无暇把这几点摘抄出来，或在书上做一点特别的记号，若是有时候想起来，除了德文书检目特详，尚易检寻外，其他的书，几乎不容易寻到了。我国现虽有人编“索引”“引得”，等等，又专门的辞典也逐渐增加，寻检自然较易，但各人有各自的注意点，普通的检目，断不能如自己记别的方便。我尝见胡适之先生有一个时期，出门时常常携一两本线装书，在舟车上或其他忙里偷闲时翻阅，见到有用的材料，就折角或以铅笔做记号。我想他回家后或者尚有摘抄的手续。我记得有一部笔记，说王渔洋读书时，遇到新隽的典故或词句，就用纸条抄出，贴在书斋壁上，时时览读，熟了就揭去，换上新得的。所以他记得很多。这虽是文学上的把戏，但科学上何尝不可以仿作呢？我因从来懒得动笔，所以没有成就。

我的读书的短处，我已经经验了许多的不方便，特地写出来，望读者鉴于我的短处，第一能专心，第二能勤笔，这一定有许多成效。

谈读书习惯

梁启超

学生做课外学问是最必要的。若只求讲堂上功课及格，便算完事，那么，你进学校，只是求文凭，并不是求学问，你的人格，先已不可问了。再者，此类人一定没有“自发”的能力，不特不能成为一个学者，亦断不能成为社会上治事领袖人才。

课外学问，自然不专指读书，如试验，如观察自然界……都是极好的。但读课外书，至少要算课外学问的主要部分。

一个人总要养成读书趣味。打算做专门学者，固然要如此，打算做事业家，也要如此。因为我们在工厂里、在公司里、在议院里……做完一天的工作出来之后，随时立刻可以得着愉快的伴侣，莫过于书籍，莫便于书籍。但是将来这种愉快得着得不着，大概是在学校时代已经决定，因为必须养成读书习惯，才能尝着读书趣味。人生一世的习惯，出了学校门限，已经铁铸成了。所以在学校中，不读课外书，以养成自己自动的读书习惯，这个人简直是自己剥夺自己终身的幸福。

读书自然不限于读中国书，但中国人对于中国书，至少也该和外国书作平等待遇。你这样待遇他，他给回你的愉快报酬，最少也和读外国书所得的有同等分量。

中国书没有整理过，十分难读，这是人人公认的。但会做学问的人，觉得趣味就在这一点。吃现成饭，是最没有意思的事，是最没有出息的人才喜欢的。一个问题，被别人做完了四平八正的编成教科书样子给我读，读去自然是毫不费力，但从这不费力上头结果，便令我的心思不细致不刻入。专门喜欢读这类书的人，久而久之，会把自己创作的才能汩没哩。在纽约芝加哥笔直的马路崭新的洋房里舒舒服服混一世，这个人一定是过的毫无意味的平庸生活。若要过有意味的生活，须是哥伦布初到美洲时。

中国学问界，是千年未开的矿穴，矿苗异常丰富，但非我们亲自绞脑筋绞汗水，却开不出来。翻过来看，只要你绞一分脑筋一分汗水，当然还你一分成绩，所以有趣。

所谓中国学问界的矿苗，当然不专指书籍，自然界和社会实况，都是极重要的。但书籍为保存过去原料之一种宝库，且可为现在各实测方面之引线，就这点看来，我们对于书籍之浩瀚，应该欢喜谢他，不应该厌恶他。因为我们的事业比方要开工厂，原料的供给，自然是越丰富越好。

读中国书，自然像披沙拣金，沙多金少。但我们若把他作原料看待，有时寻常人认为极无用的书籍和语句，也许有大功用。须知工厂种类多着呢，一个厂里头还有许多副产物哩，何止金有用，沙也有用。

读书忌

鲁迅①

记得中国的医书中，常常记载着“食忌”，就是说，某两种食物同食，是于人有害，或者足以杀人的，例如葱与蜜，蟹与柿子，落花生与王瓜之类。但是否真实，却无从知道，因为我从未听见有人实验过。

读书也有“忌”，不过与“食忌”稍不同。这就是某一类书决不能和某一类书同看，否则两者中之一必被克杀，或者至少使读者反而发生愤怒。例如现在正在盛

① 此文发表时署名为“焉于”。

行提倡的明人小品，有些篇的确是空灵的。枕边厕上，车里舟中，这真是一种极好的消遣品。然而先要读者的心里空空洞洞，混混茫茫。假如曾经看过《明季稗史》，《痛史》，或者明末遗民的著作，那结果可就不同了，这两者一定要打起仗来，非打杀其一不止。我自以为因此很了解了那些憎恶明人小品的论者的心情。

这几天偶然看见一部屈大均的《翁山文外》，其中有一篇戊申（即清康熙七年）八月做的《自代北入京记》。他的文笔，岂在中郎之下呢？可是很有些地方是极有重量的，抄几句在这里——

> “……沿河行，或渡或否。往往见西夷毡帐，高低不一，所谓穹庐连属，如冈如阜者。男妇皆蒙古语；有卖干湿酪者，羊马者，牦皮者，卧两骆驼中者，坐奚车者，不鞍而骑者，三两而行，被戒衣，或红或黄，持小铁轮，念《金刚秽咒》者。其首顶一柳筐，以盛马粪及木炭者，则皆中华女人。皆盘头跣

足，垢面，反被毛袄。人与牛羊相枕藉，腥膻之气，百余里不绝。……”

我想，如果看过这样的文章，想像过这样的情景，又没有完全忘记，那么，虽是中郎的《广庄》或《瓶史》，也断不能洗清积愤的，而且还要增加愤怒。因为这实在比中郎时代的他们互相标榜还要坏，他们还没有经历过扬州十日，嘉定三屠！

明人小品，好的；语录体也不坏，但我看《明季稗史》之类和明末遗民的作品却实在还要好，现在也正到了标点，翻印的时候了：给大家来清醒一下。

不滥读书

[德]叔本华

文学与人生没有丝毫不同。世界上的任何地方都有无数卑贱的人，他们像苍蝇似的四处为恶，危害社会；而在文学中，也有无数的坏书，像蓬勃滋生的野草，伤害五谷，使它们枯死。这些写坏书的作家原是为贪图金钱、谋求官职而写作，却使读者浪费时间、金钱和精神，使人们不能去读好书，去做高尚的事情，因此，坏书不但无益，而且危害甚大。大抵来说，目前十分之九的书籍是专以骗钱为目的的，为了赚钱，作者、评论家和出版商不惜同流合污，狼狈为奸。

许多文人都很可恶狡猾，他们不愿他人去寻找高尚的趣味和真正的修养，于是很巧妙地引诱人来读时髦的新书，以期在交际场中有谈话的素材。如施宾德伦①、布维②及尤金·舒③等人都很能投机，他们也名噪一时。这种为赚取稿费而写出的作品无时无地不存在，并且数量很多。这些书的读者真是可怜极了，他们以为读那些平庸作家的新作品是他们的义务，却不去读古今中外的少数杰出作家的名著，而是仅仅知道他们的名姓而已。那些每日出版的通俗刊物更是狡猾，它们使人浪费宝贵时光，以致无暇读真正有益修养的作品。

因此，我们读书之前应谨记“决不滥读”的原则。不滥读有方法可循，就是不论何时，凡为大多数读者所欢迎的书切勿贸然拿来读，包括那些正享盛名或者在一年中发行了数版的书籍，不管它属于政治、宗教，还是小说、诗

---

① 施宾德伦（1579—1688），德国小说家。

② 布维（1803—1873），意大利政治家、作家。

③ 尤金·舒（1804—1857），法国小说家。

歌。你要知道，为愚者写作的人常会受大众欢迎。坏书有如毒药，足以伤害心神，因此我们不如把宝贵的时间用来专读已有定评的伟人名著，只有这些书才是开卷有益的。

不读坏书，没有人会责难你，好书读得多，也不会引起非议。但在现在，一般人通常只读新出版的书，而无暇阅读前贤的睿智作品，所以连作者也仅停滞在流行思想的小范围中，我们的时代就这样在自己所设的泥潭中越陷越深了。

读几本书

鲁迅[1]

读死书会变成书呆子，甚至于成为书厨，早有人反对过了，时光不绝的进行，反读书的思潮也愈加彻底，于是有人来反对读任何一种书。他的根据是叔本华的老话，说是倘读别人的著作，不过是在自己的脑里给作者跑马。

这对于读死书的人们，确是一下当头棒，但为了与其探究，不如跳舞，或者空暴躁，瞎牢骚的天才起见，却也是一句值得绍介的金言。不过要明白：死抱住这句金言的

① 此文发表时署名为“邓当世”。

天才，他的脑里却正被叔本华跑了一趟马，踏得一塌胡涂了。

现在是批评家在发牢骚，因为没有较好的作品；创作家也在发牢骚，因为没有正确的批评。张三说李四的作品是象征主义，于是李四也自以为是象征主义，读者当然更以为是象征主义。然而怎样是象征主义呢？向来就没有弄分明，只好就用李四的作品为证。所以中国之所谓象征主义，和别国之所谓Symbolism是不一样的，虽然前者其实是后者的译语，然而听说梅特林克是象征派的作家，于是李四就成为中国的梅特林了。此外中国的法朗士，中国的白壁德，中国的吉尔波丁，中国的高尔基……还多得很。然而真的法朗士他们的作品的译本，在中国却少得很。莫非因为都有了“国货”的缘故吗？

在中国的文坛上，有几个国货文人的寿命也真太长；而洋货文人的可也真太短，姓名刚刚记熟，据说是已经过去了。易卜生大有出全集之意，但至今不见第三本；契诃夫和莫泊桑的选集，也似乎走了虎头蛇尾运。但在我们所深恶痛疾的日本，《吉诃德先生》和《一千零一夜》是有全译的；沙士比亚，歌德，……都有全集；托尔斯泰的有三种，陀思妥也夫斯基的有两种。

读死书是害已，一开口就害人；但不读书也并不见得好。至少，譬如要批评托尔斯泰，则他的作品是必得看几本的。自然，现在是国难时期，哪有工夫译这些书，看这些书呢，但我所提议的是向着只在暴躁和牢骚的大人物，并非对于正在赴难或“卧薪尝胆”的英雄。因为有些人物，是即使不读书，也不过玩着，并不去赴难的。

揣　摩

叶圣陶

一篇好作品，只读一遍未必能理解得透。要理解得透，必须多揣摩。读过一遍再读第二第三遍，自己提出些问题来自己解答，是有效办法之一。说有效，就是增进理解的意思。

空说不如举例。现在举鲁迅的《孔乙己》为例，因为这个短篇大家熟悉。

读罢《孔乙己》，就知道用的是第一人称写法。可是篇中的“我”是咸亨酒店的小伙计，并非鲁迅自己，咱们确切知道鲁迅幼年没当过酒店小伙计。这就可以提出个问题：鲁迅为什么要假托这个小伙计，让这个小伙计说孔乙己的故事呢？

用第一人称写法说孔乙己，篇中的“我”就是鲁迅自己，这样写未尝不可以，但是写成的小说会是另一个样子，跟咱们读到的《孔乙己》不一样。大概鲁迅要用最简要的方法，把孔乙己活动的范围限制在酒店里，只从孔乙己到酒店里喝酒这件事上表现孔乙己。那么，能在篇中充当“我”的唯有在场的人。在场的人有孔乙己，有掌柜，有其他酒客，都可以充当篇中的“我”，但是都不合鲁迅的需要，因为他们都是被观察、被描写的对象。对于这些对象，须有一个观察他们的人，于是假托一个在场的小伙计，让他来说孔乙己的故事。小伙计说的只限于他在酒店里的所见所闻，可是，如果咱们仔细揣摩，就能从其中得到不少东西。

连带想到的可能是如下的问题：幼年当过酒店小伙计的一个人，忽然说起二十多年前的故事来，是不是有点儿不自然呢？

仔细一看，鲁迅交代清楚了。原来小伙计专管温酒，觉得单调，觉得无聊，“只有孔乙己到店，才可以笑几声，所以至今还记得”。至今还记得，说给人家听听，那是很自然的。

从这儿又可以知道第一、第二节两节并非闲笔墨。既然是说当年在酒店里的所见所闻，当然要说一说酒店的大概情况，这就来了第一节。一个十几岁的孩子勉勉强强留在酒店里当小伙计，这也“侍候不了”，那也“干不了”，只好站在炉边温酒，他所感到的单调和无聊可以想见。因此，第二节就少不得。有了这第二节，又在第三节里说“掌柜是一副凶脸孔，主顾也没有好声气”，那么“只有孔乙己到店，才可以笑几声”的经历，自然深印脑筋，历久不忘了。

故事从“才可以笑几声”说起，以下一连串说到笑。孔乙己一到，“所有喝酒的人便都看着他笑”。“众人都哄笑起来，店内外充满了快活的空气”，说了两回。在这些时候，小伙计“可以附和着笑”。掌柜像许多酒客一样，问孔乙己一些话，“引人发笑”。此外还有好几处说到笑，不再列举了。注意到这一点，就会提出这样的问题：这篇小说简直是用“笑”贯穿着的，取义何在呢？

小伙计因为“才可以笑几声”而记住孔乙己，自然用“笑”贯穿着他所说的故事，这是最容易想到的回答，但是不仅如此。

故事里被笑的是孔乙己一个人，其他的人全是笑孔乙己的，这不是表明孔乙己的存在只能作为供人取笑的对象吗？孔乙己有他的悲哀，有他的缺点，他竭力想跟小伙计搭话，他有跟别人交往的殷切愿望。所有在场的人可全不管这些，只是把孔乙己取笑一阵，取得无聊生涯中片刻的快活。这不是表明当时社会里人跟人的关系，冷漠无情到叫人窒息的地步吗？为什么会冷漠无情到这样地步，故事里并没点明，可是咱们从这一点想开去，不是可以想得很多吗？

第九节是这么一句话：“孔乙己是这样的使人快活，可是没有他，别人也便这么过。”这句话单独做一节搁在这儿，什么用意呢？

最先想到的回答大概是结束上文。上文说孔乙己的到来使酒店里的人怎样怎样快活，这儿结束一下，就说他“是这样的使人快活”，这样回答当然没有错。但是说“可是没有他，别人也便这么过”，又是什么意思呢？这不是说孔乙己来不来，存在不存在，全跟别人没有什么关系吗？别人的生涯反正是无聊，孔乙己来了，把他取笑一阵，仿佛觉得快活，骨子里还是无聊；孔乙己不来，没有取笑的对象，也不过是个无聊罢了，这就叫“也便这么过”。“也便这么过”只五个字，却是全篇气氛的归结语，又妙在确然是小伙计的口吻。当年小伙计在酒店里，专管温酒的无聊职务，不是“也便这么过”吗？

还有不少问题可以提出，现在写一些在这儿。

第一节说酒店的大概情况，点明短衣帮在哪儿喝，穿长衫的在哪儿喝，跟下文哪一处有密切的联系呢？

开始说孔乙己的形象，用“身材很高大；青白脸色，皱纹间时常夹些伤痕；一部乱蓬蓬的花白的胡子”。这些话是仅仅交代形象呢，还是在交代形象之外，还含有旁的意思要咱们自己领会？

为什么“孔乙己一到店，所有喝酒的人便都看着他笑”呢？

孔乙己说的话，别人说的话，都非常简短。他们说这些简短的话的当时，动机是什么，情绪是怎样呢？

孔乙己的话里有“污人清白”“窃书”“君子固穷”“多乎哉？不多也”之类的文言。这除了照实摹写孔乙己的口吻之外，有没有旁的作用呢？

孔乙己到店时候的情形，有泛叙，有特叙，泛叙叙经常的情形，特叙叙某一天的情形。如果着眼在这一点上，是不是可以看出分别用泛叙和特叙的作用呢？

掌柜看孔乙己的账，一次是中秋，一次是年关，一次是第二年的端午，为什么呢？

诸如此类的问题，几乎是提不尽的。

几个人读同一篇作品，各自提出些问题，决不会个个相同。但是可能个个都有价值，足以增进理解。

理解一篇作品，当然着重在它的主要意思，但是主要意思是靠全篇的各个部分烘托出来的，所以各个部分全都不能轻轻放过。体会各个部分，总要不离作品的主要意思，提出来的必须是合情合理的值得揣摩的问题。要是硬找些不相干的问题来抠，那就没有意义了。

写与读

老舍

要写作，便须读书。读书与著书是不可分离的事。当我初次执笔写小说的时候，我并没有考虑自己应否学习写作，和自己是否有写作的才力。我拿起笔来，因为我读了几篇小说。这几篇小说并不是文艺杰作，那时候我还没有辨别好坏的能力。读了它们，我觉得写小说必是很好玩的事，所以我自己也愿试一试。《老张的哲学》便是在这种情形下写出来的。无可避免的，它必是乱七八糟，因为它的范本——那时节我所读过的几篇小说——就不是什么高明的作品。

一边写着“老张”，一边抱着字典读莎士比亚的《韩姆烈德》。这是一本文艺杰作，可是它并没有给我什么好处。这使我怀疑：以我们的大学里的英文程度，而必读一半本莎士比亚，是不是白费时间？后来，我读了英译的《浮士德》，也丝毫没得到好处。这使我非常的苦闷，为什么被人人认为不朽之作的，并不给我一点好处呢？

有一位好友给我出了主意。他教我先读欧洲史，读完了古希腊史，再去读古希腊文艺，读完了古罗马史，再去读古罗马文艺。这的确是个好主意。从历史中，我看见了某一国在某一时代的大概情形，而后在文艺作品中我看见了那一地那一时代的社会光景，二者相证，我就明白了一点文艺的内容与形式都是事有必至，理有固然。不过，说真的，那些古老的东西往往教我瞪着眼咽气！读到半本英译的《衣里亚德》，我的忍耐已用到极点，而想把它扔得远远的，永不再与它谋面。可是，一位会读希腊原文的老先生给我读了几十行荷马，他不是读诗，而是在唱最悦耳的歌曲！大概荷马的音乐就足以使他不朽吧？我决定不把它扔出老远去了！他的《奥第赛》比《衣里亚德》更有趣一些——我的才力，假若我真有点才力的话，大概是小说的，而非诗歌的；《奥第赛》确乎有点像冒险小说。

希腊的悲剧教我看到了那最活泼而又最悲郁的希腊人的理智与感情的冲突，和文艺的形式与内容的调谐。我不能完全明白它们的技巧，因为没有看见过它们在舞台上“旧戏重排”。从书本上，我只看到它们的“美”。这个美不仅是修辞上的与结构上的，而也是在希腊人的灵魂中的；希腊人仿佛是在“美”里面呼吸着的。

假若希腊悲剧是鹤唳高天的东西，我自己的习作可仍然是爬伏在地上的。一方面，古希腊的三大悲剧家是世界文学史中罕见的天才，高不可及，一方面，我读了阿里斯托芬的喜剧，而喜剧更合我的口味。假若我缺乏组织的能力与高深的思想，我可是会开玩笑啊，这时候，我开始写《赵子曰》——一本开玩笑的小说。

在悲剧喜剧之外，我最喜爱希腊的短诗。这可只限于喜爱。我并不敢学诗。我知道自己没有诗才。希腊的短诗是那么简洁，轻松，秀丽，真像是“他只有一朵花，却是玫瑰”那样。我知道自己只是粗枝大叶，不敢高攀玫瑰!

赫罗都塔司，赛诺风内，与修西地第司的作品，我也都耐着性子读了，他们都没给我什么好处。读他们，几乎像读列国演义，读过便全忘掉。

古罗马的作品使我更感到气闷。能欣赏米尔顿的，我想，一定能喜爱乌吉尔。可是，我根本不能欣赏米尔顿。我喜爱跳动的，天才横溢的诗，而不爱那四平八稳的功力深厚的诗。乌吉尔是杜甫，而我喜欢李白。罗马的雄辩的散文是值得一读的，它们常常给我们一两句格言与宝贵的常识，使我们认识了罗马人的切于实际，洞悉人情。可是，它们并不能给我们灵感。一行希腊诗歌能使我们沉醉，一整篇罗马的诗歌或散文也不能使我们有些醉意——罗马伟大，而光荣属于希腊。

对中古时代的作品，我读得不多。北欧、英国、法国的史诗，我都看了一些，可是不感兴趣。它们粗糙，杂乱，它们确是一些花木，但是没经过园丁的整理培修。尤其使我觉着不舒服的是它们硬把历史的界限打开，使基督前的英雄去做中古武士的役务。它们也过于爱起打与降妖。它们的历史的、地方的、民俗的价值也许胜过了文艺的，可是我的目的是文艺呀。

使我受益最大的是但丁的《神曲》。我把所能找到的几种英译本，韵文的与散文的，都读了一过儿，并且搜集了许多关于但丁的论著。有一个不短的时期，我成了但丁迷，读了《神曲》，我明白了何谓伟大的文艺。论时间，它讲的是永生。论空间，它上了天堂，入了地狱。论人物，它从上帝，圣者，魔王，贤人，英雄，一直讲到当时的“军民人等”。它的哲理是一贯的，而它的景物则包罗万象。它的每一景物都是那么生动逼真，使我明白何谓文艺的方法是从图像到图像。天才与努力的极峰便是这部《神曲》，它使我明白了肉体与灵魂的关系，也使我明白了文艺的真正的深度。

文艺复兴时期的作品永远给人以灵感。尽管阿比累是那么荒唐杂乱，尽管英国的戏剧是那么夸大粗壮，可是它们教我的心跳，教我敢冒险去写作，不怕碰壁。不错，浪漫派的作品也往往失之荒唐与夸大，但是文艺复兴的大胆是人类刚从暗室里出来，看到了阳光的喜悦，而浪漫派的是失去了阳光，而叹息着前途的黯淡。文艺复兴的啼与笑都健康！

因为读过了但丁与文艺复兴的文艺，直到如今，我心中老有个无可解开的矛盾：一方面，我要写出像《神曲》那样完整的东西；另一方面，我又想信笔写来，像阿比累那样要笑就笑个痛快，要说什么就说什么。细腻是文艺者必须有的努力，而粗壮又似乎足以使人们能听见巨人的狂笑与号啕。我认识了细腻，而又不忍放弃粗壮。我不知道站在哪一边好。我写完了《赵子曰》。它粗而不壮。它闹出种种笑话，而并没有在笑话中闪耀出真理来。《赵子曰》也会哭会笑，可不是巨人的啼笑。用不着为自己吹牛啊，拿古人的著作和自己的比一比，自己就会公平的给自己打分数了！

在我做事的时候，我总愿意事前有个计划，而后一一的“照计而行”。不过，这个心愿往往被一点感情或脾气给弄乱，而自己破坏了自己的计划。在事后想起自己这种愚蠢可笑，我就无可如何的名之为“庸人的浪漫”。在我的作品里，我可是永远不会浪漫。我有一点点天赋的幽默之感，又搭上我是贫寒出身，所以我会由世态与人情中看出那可怜又可笑的地方来；笑是理智的胜利，我不会皱着眉把眼钉在自己的一点感触上，或对着月牙儿不住的落泪，因此，我很喜欢十七八世纪假古典主义的作品。不错，这种作品没有浪漫派的那种使人迷醉颠倒的力量；可是也没有浪漫派的那种信口开河、唠里唠叨的毛病。这种作品至少是具有平稳、简明的好处。在文学史中，假古典主义本来是负着取法乎古希腊与罗马文艺的法则而美化欧西各国的文字的责任的；对我，它依样的还有这个功能——它使我知道怎样先求文字上的简明及思路上的层次清楚，而后再说别的。我佩服浪漫派的诗歌，可是我喜欢假古典派的作品，正像我只能读咏唐诗，而在自己作诗的时候却取法乎宋诗。至于浪漫派小说，我没读过多少，也不想再读。假若我在十六七岁的时候就接触了浪漫派的小说，我也许能像在十二三岁时读《三侠剑》与《绿牡丹》那样的起劲入神，可是它们来到我眼中的时候，我已是快三十岁的人，我只觉得它们的侠客英雄都是二簧戏里的花脸儿，他们的行动也都配着锣鼓。我要看真的社会与人生，而不愿老看二簧戏。

一九二八年至一九二九年，我开始读近代的英法小说。我的方法是：由书里和友人的口中，我打听到近三十年来的第一流作家，和每一作家的代表作品。我要至少读每一名作家的“一”本名著。这个计划太大。近代是小说的世界，每一年都产生几本可以传世的作品。再说，我并不能严格的遵守“一本书”的办法，因为读过一个名家的一本名著之后，我就还想再读他的另一本；趣味破坏了计划。英国的威尔斯、康拉德、美瑞地茨和法国的福禄贝尔与莫泊桑，都拿去了我很多的时间。在这一年多的时间中，我昼夜的读小说，好像是落在小说阵里。它们对我的习作的影响是这样的：（1）大体上，我喜欢近代小说的写实的态度与尖刻的笔调。这态度与笔调告诉我，小说已成为社会的指导者，人生的教科书；他们不只供给消遣，而是用引人入胜的方法作某一事理的宣传。（2）我最心爱的作品，未必是我能仿造的。我喜欢威尔斯与赫胥黎的科学的罗曼司，和康拉德的海上的冒险，但是我学不来。我没有那么高深的学识与丰富的经验。“读”然后知“不足”啊！（3）各派的小说，我都看到了一点，我有时候很想仿制。可是，由多读的关系，我知道摹仿一派的作风是使人吃亏的事。看吧，从古至今，那些能传久的作品，不管是属于哪一派的，大概都有个相同之点，就是它们健康，崇高，真实。反之，那些只管作风趋时，而并不结实的东西，尽管风行一时，也难免境迁书灭。在我的长篇小说里，我永远不刻意的摹仿任何文派的作风与技巧；我写我的。在短篇里，有时候因兴之所至，我去摹仿一下，为是给自己一点变化。（4）多读，尽管不为是去摹仿，也还有个好处：读的多了，就多知道一些形式，而后也就能把内容放到个最合适的形式里去。

回国之后，我才有机会多读俄国的作品。我觉得俄国的小说是世界伟大文艺中的“最”伟大的。我的才力不够去学它们的，可是有它们在心中，我就能因自惭才短的希望自己别太低级，勿甘自弃。

对于剧本，我读过不多。抗战后，我也试写剧本，成绩不好是无足怪的。

文艺理论是我在山东教书的时候，因为预备讲义才开始去读的；读的不多，而且也没有得到多少好处。我以为“论”文艺不如“读”文艺。我们的大学文学系中，恐怕就犯有光论而不读的毛病。

读书而外，一个作家还须熟读社会人生。因为我“读”了人力车夫的生活，我才能写出《骆驼祥子》。它的文字、形式、结构，也许能自书中学来的；他的内容可是直接的取自车厂、小茶馆与大杂院的；并没有看过另一本专写人力车夫的生活的书。

要认真阅读

叶圣陶

文艺鉴赏并不是一桩特别了不起的事，不是只属于读书人或者文学家的事。我们苏州地方流行着一首儿歌：

咿呀咿呀踏水车。水车沟里一条蛇，游来游去捉虾蟆。虾蟆躲在青草里。青草开花结牡丹。牡丹娘子要嫁人，石榴姊姊做媒人。桃花园里铺“行家”（嫁妆），梅花园里结成亲。……

儿童唱着这个歌，仿佛看见春天田野里的景物，一切都活泼而有生趣：水车转动了，蛇游来游去了，青草开花了，牡丹做新娘子了。因而自己也觉得活泼而有生趣，蹦蹦跳跳，宛如郊野中，一匹快乐的小绵羊。这就是文艺鉴赏的初步。

另有一首民歌，流行的区域大概很广，在一百年前已经有人记录在笔记中间了，产生的时间当然更早。

> 月儿弯弯照九州，几家欢乐几家愁。
> 几家夫妇同罗帐，几个飘零在外头？

唱着这个歌，即使并无离别之感的人，也会感到在同样的月光之下，人心的欢乐和哀愁全不一致。如果是独居家中的妇人，孤栖在外的男子，感动当然更深。回想同居的欢乐，更见离别的难堪，虽然头顶上不一定有弯弯的月儿，总不免簌簌地掉下泪来。这些人的感动，也可以说是从文艺鉴赏而来的。

可见文艺鉴赏是谁都有份的。但是要知道，文艺鉴赏不只是这么一回事。

文艺中间讲到一些事物，我们因这些事物而感动，感动以外，不再有别的什么。这样，我们不过处于被动的地位而已。我们应该处于主动的地位，对文艺要研究，考察。它为什么能够感动我们呢？同样讲到这些事物，如果说法变更一下，是不是也能够感动我们呢？这等问题就涉及艺术的范围了。而文艺鉴赏正应该涉及艺术的范围。

在电影场中，往往有一些人为着电影中生离死别的场面而流泪。但是另一些人觉得这些场面只是全部情节中的片段，并没有什么了不起，反而对于某景物的一个特写、某角色的一个动作点头赞赏不已。这两种人中，显然是后一种人的鉴赏程度比较高。前一种人只被动地着眼于故事，看到生离死别，设身处地一想，就禁不住掉下泪来。后一种人却着眼于艺术，他们看出了一个特写、一个动作对于全部电影所加增的效果。

还就看电影来说。有一些人希望电影把故事交代得清清楚楚，譬如剧中某角色去访朋友，必须看见他从家中出来的一景，再看见他在路上步行或乘车的一景，再看见他走进朋友家中去的一景，然后满意。如果看见前一景那个角色在自己家里，后一景却和朋友面对面谈话了，他们就要问："他门也没出，怎么一会儿就在朋友家中了？"像这样不预备动一动脑筋的人，当然谈不到什么鉴赏。

散场的时候，往往有一些人说那个影片好极了，或者说，紧张极了，巧妙极了，可爱极了，有趣极了——总之是一些形容词语。另一些人却说那个影片不好，或者说，一点不紧凑，一点不巧妙，没有什么可爱，没有什么趣味——总之也还是一些形容词语。像这样只能够说一些形容词语的人，他们的鉴赏程度也有限得很。

文艺鉴赏并不是摊开了两只手，专等文艺给我们一些什么，也不是单凭一时的印象，给文艺加上一些形容词语。

文艺中间讲到一些事物，我们就得问：作者为什么要讲到这些事物？文艺中间描写风景，表达情感，我们就得问：作者这样描写和表达是不是最为有效？我们不但说了个“好”就算，还要说得出好在哪里，不但说了个“不好”就算，还要说得出不好在哪里。这样，才够得上称为文艺鉴赏。这样，从好的文艺得到的感动自然更见深切。文艺方面如果有什么不完美的地方，也会觉察出来，不至于一味照单全收。

鲁迅的《孔乙己》，现在小学高年级和初级中学都选作国语教材，读过的人很多了。匆匆读过的人说：“这样一个偷东西被打折腿的瘪三，写他有什么意思呢？”但是，有耐心去鉴赏的人不这么看，有的说：“孔乙己说回字有四样写法，如果作者让孔乙己把四样写法都写出来，那就索然无味了。”有的说：“这一篇写的孔乙己，虽然颓唐、下流，却处处要面子，处处显示出他所受的教育给与他的影响，绝不同于一般的瘪三，这是这一篇的出色处。”有一个深深体会了世味的人说：“这一篇中，我以为最妙的文字是‘孔乙己是这样的使人快活，可是没有他，别人也便这么过’。这个话传达出无可奈何的寂寞之感。这种寂寞之感不只属于这一篇中的酒店小伙计，也普遍属于一般人。‘也便这么过’，谁能跳出这寂寞的网罗呢？”

可见文艺鉴赏犹如采矿，你不动手，自然一无所得，只要你动手去采，随时会发现一些晶莹的宝石。

这些晶莹的宝石岂但给你一点赏美的兴趣，并将扩大你的眼光，充实你的经验，使你的思想、情感、意志往更深更高的方面发展。

好的文艺值得一回又一回地阅读，其原由在此。否则明明已经知道那文艺中间讲的是什么事物了，为什么再要反复阅读？

另有一类也称为文艺的东西，粗略地阅读似乎也颇有趣味。例如说一个人为了有个冤家想要报仇，往深山去寻访神仙。神仙访到了，拜求收为徒弟，从他修习剑术。结果剑术练成，只要念念有词，剑头就放出两道白光，能取人头于数十里之外。于是辞别师父，下山找那冤家，可巧那冤家住在同一的客店里。三更时分，人不知，鬼不觉，剑头的白光不必放到数十里那么长，仅仅通过了几道墙壁，就把那冤家的头取来，藏在作为行李的空皮箱里。深仇既然报，这个人不由得仰天大笑。——我们知道现在有一些少年很喜欢阅读这一类东西。如果阅读时候动一动脑筋，就觉察这只是一串因袭的浮浅的幻想。除了荒诞的传说，世间哪里有什么神仙？除了本身闪烁着寒光，剑头哪里会放出两道白光？结下仇恨，专意取冤家的头，其人的性格何等暴戾？深山里住着神仙，客店里失去头颅，这样的人世何等荒唐？这中间没有真切的人生经验，没有高尚的思想、情感、意志作为骨子。说它是一派胡言，也不算过分。这样一想，就不再认为这一类东西是文艺，不再觉得这一类东西有什么趣味。读了一回，就大呼上当不止。谁高兴再去上第二回当呢？

可见阅读任何东西不可马虎，必须认真。认真阅读的结果，不但随时会发见晶莹的宝石，也随时会发见粗劣的瓦砾。于是收取那些值得取的，排除那些无足取的，自己才会渐渐地成长起来。

取着走马看花的态度的，决谈不到文艺鉴赏。纯处于被动的地位的，也谈不到文艺鉴赏。

要认真阅读。在阅读中要研究、考察。这样才可以走上文艺鉴赏的途径。

读书与用书

陶行知

一　三种人的生活

中国有三种人：书呆子是读死书，死读书，读书死。工人、农人、苦力、伙计是做死工，死做工，做工死。少爷、小姐、太太、老爷是享死福，死享福，享福死。

二　三帖药

书呆子要动动手，把那呆头呆脑的样子改过来，你们要吃一帖“手化脑”才会好。我劝你们少读一点书，否则在脑里要长“痞块”咧。工人、农人、苦力、伙计要多读一点书，吃一帖“脑化手”，否则是一辈子要“劳而不获”。少爷、小姐、太太、老爷！你们是快乐死了。好，愿意死就快快地死掉吧。我代你们挖坟墓。倘使不愿意死，就得把手套解掉，把高跟鞋脱掉，把那享现成福的念头打断，把手儿、头脑儿拿出来服侍大众并为大众打算。药在你们自己的身上，我开不出别的药方来。

三　读书人与吃饭人

与读书联成一气的有“读书人”一个名词，假使书是应该读的，便应使人人有书读；决不能单使一部分的人有书读叫作读书人，又一部分的人无书读叫作不读书人。比如饭是必须吃的，便应使人人有饭吃，决不能使一部分的人有饭吃叫作吃饭人，又一部分的人无饭吃叫作不吃饭人。从另一面看，只知道吃饭，不成为饭桶了吗？只知道读书，别的事一点也不会做，不成为一个活书架了吗？

四　吃书与用书

有些人叫作蛀书虫。他们把书当作糖吃，甚至于当作大烟吃，吃糖是没有人反对，但是整天地吃糖，不要变成一个糖菩萨吗？何况是连日带夜地抽大烟，怪不得中国的文人，几乎个个黄皮骨瘦，好像鸦片烟鬼一样。我们不能否认，中国是吃书的人多，用书的人少。现在要换一换方针才行。

书只是一种工具，和锯子、锄头一样，都是给人用的。我们与其说“读书”，不如说“用书”。书里有真知识和假知识。读它一辈子不能分辨它的真假；可是用它一下，书的本来面目便显了出来，真的便用得出去，假的便用不出去。

农人要用书，工人要用书，商人要用书，兵士要用书，医生要用书，画家要用书，教师要用书，唱歌的要用书，做戏的要用书，三百六十行，行行要用书。行行都成了用书的人，真知识才愈易普及，愈易发现了。书是三百六十行之公物，不是读书人所能据为私有的。等到三百六十行都是用书人，读书的专利便完全打破，读书人除非改行，便不能混饭吃了。好，我们把我们所要用的书找出来用吧。

用书如用刀。
不快就要磨。
呆磨不切菜，
怎能见婆婆。

五　书不可尽信

孟子说："尽信书则不如无书。"在书里没有上过大当的人，决不能说出这一句话来。连字典有时也不可以太相信。第五十一期《论语》[1]的《半月要闻》内有这样一条：

---

① 《论语》，文艺半月刊，1932年9月16日创刊于上海，林语堂主编。

据二卷十二期《图书评论》载：《王云五大辞典》[1]将汤玉麟之承德归入察哈尔。张家口“收回”入河北，瀛台移入“故宫太液池”，雨花台移入南京“城内”，大明湖移出“历城县西北”。

我叫小孩子们查一查《王云五大辞典》，究竟是不是这样，小孩们的报告是，《王云五大辞典》真的弄错了。只有一条不能断定，南京有内城、外城，雨花台是在内城之外，但是否在外城之内，因家中无志书，回答不出。总之，书不可尽信，连字典也不可尽信。

六　戴东原[2]的故事

书既不可以全信，那么，应当怀疑的地方就得问。学

① 《王云五大辞典》，即《四角号码辞典》。王云五（1888—1979）曾任商务印书馆总经理。

② 戴东原（1723—1777），名震，清代思想家。

非问不明。戴东原先生在这一点上是给了我们一个很好的引导。东原先生十岁才能开口讲话。《大学》有《经》一章，《传》十章。有一条注解说这一章《经》是孔子的话，由曾子[1]写的；那十章《传》是曾子之意，由他的门徒记下来的。东原先生问塾师怎样知道是如此。塾师说：朱文公[2]是这样注的。他问朱文公是何时人。塾师说是宋朝人。他又问孔子和曾子是何时人。塾师说是周朝人。“周朝离宋朝有多少年代？”“差不多是二千年了。”“那么，朱文公怎样能知道呢？”塾师答不出，赞叹了一声说：“这真是个非常了不得的小孩子呀！”

七　王冕的故事

王冕十岁时，母亲叫他到面前说：“儿啊！不是我有

① 曾子，即曾参。

② 朱文公，即朱熹。

心耽误你，只因你父亲死后，我一个寡妇人家，年岁不好，柴米又贵，这几件旧衣服和些旧家伙都当卖了。只靠着我做些针线生活寻来的钱，如何供得你读书？如今没奈何，把你雇到隔壁人家放牛，每月可得几钱银子，你又有现成饭吃，只在明天就要去了。”王冕说：“娘说的是。我在学堂里坐着，心里也闷，不如往他家放牛，倒快活些。假如我要读书，依旧可以带几本去读。”王冕自此只在秦家放牛。……每日点心钱也不用掉，聚到一两个月，偷空走到村学堂里，见那闯学堂的书客，就买几本旧书，逐日把牛拴了，坐在柳荫树下看。

现在学校教育对穷孩子封锁，有钱、有闲、有面子才有书念。我们穷人就不要求学吗？不，社会就是我们的大学。关在门外的穷孩子，我们踏着王冕的脚迹来攀上知识的高塔吧。

论百读不厌

朱自清

前些日子参加了一个讨论会，讨论赵树理先生的《李有才板话》。座中一位青年提出了一件事实：他读了这本书觉得好，可是不想重读一遍。大家费了一些时候讨论这件事实。有人表示意见，说不想重读一遍，未必减少这本书的好，未必减少它的价值。但是时间匆促，大家没有达到明确的结论。一方面似乎大家也都没有重读过这本书，并且似乎从没有想到重读它。然而问题不但关于这一本书，而是关于一切文艺作品。为什么一些作品有人“百读不厌”，另一些却有人不想读第二遍呢？是作品的不同吗？是读的人不同吗？如果是作品不同，“百读不厌”是不是作品评价的一个标准呢？这些都值得我们思索一番。

苏东坡有《送安惇秀才失解西归》诗，开头两句是：

> 旧书不厌百回读，
> 熟读深思子自知。

“百读不厌”这个成语就出在这里。“旧书”指的是经典，所以要“熟读深思”。《三国志·魏志·王肃传·注》：

> 人有从（董遇）学者，遇不肯教，而云“必当先读百遍”，言“读书百遍其义自见”。

经典文字简短，意思深长，要多读，熟读，仔细玩味，才能了解和体会。所谓“义自见”“子自知”，着重自然而然，这是不能着急的。这诗句原是安慰和勉励那考试失败的安惇秀才的话，劝他回家再去安心读书，说“旧书”不嫌多读，越读越玩味越有意思。固然经典值得“百回读”，但是这里看重的还在那读书的人。简化成“百读不厌”这个成语，却就着重在读的书或作品了。这成语常跟另一成语“爱不释手”配合着，在读的时候“爱不释手”，读过了以后“百读不厌”。这是一种赞词和评语，传统上确乎是一个评价的标准。当然，“百读”只是“重读”“多读”“屡读”的意思，并不一定一遍接着一遍的读下去。

经典给人知识，教给人怎样做人，其中有许多语言的、历史的、修养的课题，有许多注解，此外还有许多相关的考证，读上百遍，也未必能够处处贯通，教人多读是有道理的。但是后来所谓“百读不厌”，往往不指经典而指一些诗，一些文，以及一些小说；这些作品读起来津津有味，重读，屡读也不腻味，所以说“不厌”；“不厌”不但是“不讨厌”，并且是“不厌倦”。诗文和小说都是文艺作品，这里面也有一些语言和历史的课题，诗文也有些注解和考证；小说方面呢，却直到近代才有人注意这些课题，于是也有了种种考证。但是过去一般读者只注意诗文的注解，不大留心那些课题，对于小说更是如此。他们集中在文本的吟诵或浏览上。这些人吟诵诗文是为了欣赏，甚至于只为了消遣，浏览或阅读小说更只是为了消遣，他们要求的是趣味，是快感。这跟诵读经典不一样。诵读经典是为了知识，为了教训，得认真，严肃，正襟危坐的读，不像读诗文和小说可以马马虎虎的，随随便便的，在床上，在火车轮船上都成。这么着可还能够教人“百读不厌”，那些诗文和小说到底是靠了什么呢？

在笔者看来，诗文主要是靠了声调，小说主要是靠了情节。过去一般读者大概都会吟诵，他们吟诵诗文，从那吟诵的声调或吟诵的音乐得到趣味或快感，意义的关系很少；只要懂得字面儿，全篇的意义弄不清楚也不要紧的。梁启超先生说过李义山的一些诗，虽然不懂得究竟是什么意思，可是读起来还是很有趣味（大意）。这种趣味大概一部分在那些字面儿的影像上，一部分就在那七言律诗的音乐上。字面儿的影像引起人们奇丽的感觉；这种影像所表示的往往是珍奇、华丽的景物，平常人不容易接触到的，所谓“七宝楼台”之类。民间文艺里常常见到的“牙床”等，也正是这种作用。民间流行的小调以音乐为主，而不注重词句，欣赏也偏重在音乐上，跟吟诵诗文也正相同。感觉的享受似乎是直接的、本能的，即使是字面儿的影像所引起的感觉，也还多少有这种情形，至于小调和吟诵，更显然直接诉诸听觉，难怪容易唤起普遍的趣味和快感。至于意义的欣赏，得靠综合诸感觉的想象力，这个得有长期的教养才成。然而就像教养很深的梁启超先生，有时也还让感觉领着走，足见感觉的力量之大。

小说的“百读不厌”，主要的是靠了故事和情节。人们在儿童时代就爱听故事，尤其爱奇怪的故事。成人也还是爱故事，不过那情节得复杂些。这些故事大概总是神仙、武侠、才子、佳人，经过种种悲欢离合，而以大团圆终场。悲欢离合总得不同寻常，那大团圆才足奇。小说本来起于民间，起于农民和小市民之间。在封建社会里，农民和小市民是受着重重压迫的，他们没有多少自由，却有做白日梦的自由。他们寄托他们的希望于超现实的神仙，神仙化的武侠，以及望之若神仙的上层社会的才子佳人；他们希望有朝一日自己会变成这样的人物。这自然是不能实现的奇迹，可是能够给他们安慰、趣味和快感。他们要大团圆，正因为他们一辈子是难得大团圆的，奇情也正是常情啊。他们同情故事中的人物，“设身处地”的“替古人担忧”，这也因为事奇人奇的原故。过去的小说似乎始终没有完全移交到士大夫的手里。士大夫读小说，只是看闲书，就是作小说，也只是游戏文章，总而言之，消遣而已。他们得化装为小市民来欣赏，来写作；在他们看，小说奇于事实，只是一种玩艺儿，所以不能认真、严肃，只是消遣而已。

封建社会渐渐垮了，五四时代出现了个人，出现了自我，同时成立了新文学。新文学提高了文学的地位；文学也给人知识，也教给人怎样做人，不是做别人的，而是做自己的人。可是这时候写作新文学和阅读新文学的，只是那变了质的下降的士和那变了质的上升的农民和小市民混合成的知识阶级，别的人是不愿来或不能来参加的。而新文学跟过去的诗文和小说的不同之处，就在于它是认真的负着使命。早期的反封建也罢，后来的反帝国主义也罢，写实的也罢，浪漫的和感伤的也罢，文学作品总是一本正经的在表现着并且批评着生活。这么着文学扬弃了消遣的气氛，回到了严肃——古代贵族的文学如《诗经》，倒本来是严肃的。这负着严肃的使命的文学，自然不再注重“传奇”，不再注重趣味和快感，读起来也得正襟危坐，跟读经典差不多，不能再那么马马虎虎、随随便便的。但是究竟是形象化的，诉诸情感的，跟经典以冰冷的、抽象的、理智的教训为主不同，又是现代的白话，没有那些语言的和历史的问题，所以还能够吸引许多读者自动去读。不过教人“百读不厌”甚至教人想去重读一遍的作品，的确是很少了。

新诗或白话诗和白话文，都脱离了那多多少少带着人工的、音乐的声调，而用着接近说话的声调。喜欢古诗、律诗和骈文、古文的失望了，他们尤其反对这不能吟诵的白话新诗；因为诗出于歌，一直不曾跟音乐完全分家，他们是不愿扬弃这个传统的。然而诗终于转到意义中心的阶段了。古代的音乐是一种说话，所谓“乐语”，后来的音乐独立发展，变成“好听”为主了。现在的诗既负上自觉的使命，它得说出人人心中所欲言而不能言的，自然就不注重音乐而注重意义了。——一方面音乐大概也在渐渐注重意义，回到说话罢？——字面儿的影像还是用得着，不过一般的看起来，影像本身，不论是鲜明的，朦胧的，可以独立的诉诸感觉的，是不够吸引人了；影像如果必需得用，就要配合全诗的各部分完成那中心的意义，说出那要说的话。在这动乱时代，人们着急要说话，因为要说的话实在太多。小说也不注重故事或情节了，它的使命比诗更见分明。它可以不靠描写，只靠对话，说出所要说的。这里面神仙、武侠、才子、佳人，都不大出现了，偶然出现，也得打扮成平常人；是的，这时代的小说的人物，主要的是些平常人了，这是平民世纪啊。至于文，长篇议论文发展了工具性，让人们更如意的也更精密的说出他们的话，但是这已经成为诉诸理性的了。诉诸情感的是那发展在后的小品散文，就是那标榜“生活的艺术”，抒写“身边琐事”的。这倒是回到趣味中心，企图着教人“百读不厌”的，确乎也风行过一时。然而时代太紧张了，不容许人们那么悠闲；大家嫌小品文近乎所谓“软性”，丢下了它去找那“硬性”的东西。

文艺作品的读者变了质了，作品本身也变了质了，意义和使命压下了趣味，认识和行动压下了快感。这也许就是所谓“硬”的解释。“硬性”的作品得一本正经的读，自然就不容易让人“爱不释手”“百读不厌”。于是“百读不厌”就不成其为评价的标准了，至少不成其为主要的标准了。但是文艺是欣赏的对象，它究竟是形象化的，诉诸情感的，怎么“硬”也不能“硬”到和论文或公式一样。诗虽然不必再讲那带几分机械性的声调，却不能不讲节奏，说话不也有轻重高低快慢吗？节奏合适，才能集中，才能够高度集中。文也有文的节奏，配合着意义使意义集中。小说是不注重故事或情节了，但也总得有些契机来表现生活和批评它；这些契机得费心思去选择和配合，才能够将那要说的话，要传达的意义，完整地说出来，传达出来。集中了的完整了的意义，才见出情感，才让人乐意接受，“欣赏”就是“乐意接受”的意思。能够这样让人欣赏的作品是好的，是否“百读不厌”，可以不论。在这种情形之下，笔者同意：《李有才板话》即使没有人想重读一遍，也不减少它的价值，它的好。

但是在我们的现代文艺里，让人“百读不厌”的作品也有的。例如，鲁迅先生的《阿Q正传》，茅盾先生的《幻灭》《动摇》《追求》三部曲，笔者都读过不止一回，想来读过不止一回的人该不少吧。在笔者本人，大概是《阿Q正传》里的幽默和三部曲里的几个女性吸引住了我。这几个作品的好已经定论，它们的意义和使命大家也都熟悉，这里说的只是它们让笔者“百读不厌”的因素。《阿Q正传》主要的作用不在幽默，那三部曲的主要作用也不在塑造几个女性，但是这些却可能产生让人“百读不厌”的趣味。这种趣味虽然不是必要的，却也可以增加作品的力量。不过这里的幽默决不是油滑的、无聊的，也决不是为幽默而幽默，而女性也决不就是色情，这个界限是得弄清楚的。抗战期间，文艺作品尤其是小说的读众大大增加了。增加的多半是小市民的读者，他们要求消遣，要求趣味和快感。扩大了的读众，有着这样的要求也是很自然的。长篇小说的流行就是这个要求的反应，因为篇幅长，故事就长，情节就多，趣味也就丰富了。这可以促进长篇小说的发展，倒是很好的。可是有些作者却因为这样的要求，忘记了自己的边界，放纵到色情上，以及粗劣的笑料上，去吸引读众，这只是迎合低级趣味。而读者贪读这一类低级的软性的作品，也只是沉溺，说不上“百读不厌”。

“百读不厌”究竟是个赞词或评语，虽然以趣味为主，总要是纯正的趣味才说得上的。